徳 間 文 庫

迎　撃

今野　敏

徳 間 書 店

3　迎　　撃

1

四方を囲む緑の山は美しかった。

崩れ落ちた壁、穴の開いた道路、散乱するコンクリートの固まりや砕けたガラス。

木のドアには、銃弾が穿《うが》った穴が一列に並んでいる。

柴田邦久《しばたくにひさ》は、その破壊された街の光景すら美しいと思っていた。

秩序のない独特の美しさ。

もちろん、住民たちのことを考えればその言い方は、不謹慎だということは、わかっていた。

だが、確かに、美しいと感じるのだ。

一九九四年の二月に、セルビア人勢力による砲撃で約七十人の死者が出た青空市場も、今は、買い物の市民で賑《にぎ》わっている。

柴田邦久は、青空市場に並ぶ果物や野菜、衣類などの生活必需品が、豊富なのを意外に思った。

市内では、住民が、わずかな土地に野菜を植えて育てている。その野菜が青々と実っている。

子供たちが、砲撃で壊れ、動かなくなった車を利用して、戦争ごっこをしている。プラスチックのウージー・サブマシンガンを手に撃ち合いに熱中しているのだが、その構えが様《さま》になっていた。

子供たちは、銃を撃つ姿を見て育ったのだ。柴田邦久は、それを見て悲しいとか、本来あるべきことではないなどとは思わなかった。

子供は、何でも遊びにしてしまうのだ。彼は、大声でサブマシンガンの発射音を真似る子供たちを見て、微笑《ほほえ》ましいとさえ思っていた。

柴田邦久は、三十歳を過ぎたばかりのフリー・ジャーナリストだ。

彼が大学生の頃は、バブル経済の絶頂期で、フリーライターの仕事もたくさんあった。広告代理店が、金の使い放題という時代で、誰も読まないようなＰＲ誌が世の中に溢《あふ》れていたのだ。

ダイレクト・メールの代わりにＰＲ誌を送りつけるような時代だった。

学生の時代から、編集プロダクションに出入りしていた柴田は、そのまま、就職もせずに、フリーの記者となった。ジャーナリストとしての訓練をまともに受けたことのない、柴田のような者でも不自由なく暮らしていけるような時代だった。

バブルの崩壊とともに、事情は一変した。

各企業は、まず、広告費を削った。それは、広告代理店の業務内容をがらりと変化させることになった。

世の中に溢れていたＰＲ誌は姿を消していった。そればかりか、商業誌の廃刊が相次いだ。

フリーのライターは、仕事にありつけなくなった。

なりふりかまわないライターは、少女たちのきわどい写真や、犯罪ぎりぎりの投稿写真を扱う雑誌や、アダルト・ビデオのパブリシティーを目的としたような風俗雑誌に記事を書いて細々と生計を立てたりしていた。

ジャーナリズムのノウハウを学んだジャーナリストだけが活躍できる時代となった。

ジャーナリズムの世界で生きようとする者は、国外に出て、スクープを狙った。べルリンの壁が打ち破られると、フリーのジャーナリストは、こぞってドイツに出掛けた。

ソ連崩壊のときには、多くの自称ジャーナリストたちが、モスクワへ飛んだ。

PKO騒ぎのときには、カンボジアに殺到した。カンボジアでは、クメール・ルージュ（ポル・ポト派）の本拠地に近い森林地帯に入って、最前線の映像を取ったのは、テレビ局や通信社の記者ではなく、フリーのジャーナリストたちだった。

彼らは、命を懸《か》けて取材する。

というより、現地に行くと、命よりも、一発当てることが大切だと考えるようになるのだ。

それは、一種異様な心理状態だが、名誉欲が恐怖やモラルをしばしば凌駕《りょうが》するのは事実なのだ。

柴田邦久は、将来に対して絶望的な気分で毎日を過ごしていた。満足な仕事が手に入らない。

三十を過ぎて、高円寺《こうえんじ》の学生が住むような1DKのアパートに住んでいた。学生時代からの住居だった。

忙しいころは、寝るために帰るだけだから、どんな住まいでもいいと考えていた。

そのアパートの部屋代もとどこおりがちになった。

稼《かせ》いでいた時代は、出ていく金も多い。遊びが派手になりがちだからだ。

羽振りのいいときというのは、いつまでもそういう状態が続くような気がする。収入が減るなどということは、考えもしない。だから、いざというときのために、蓄《たくわ》えようなどという気にはなれないのだ。

そういうわけで、柴田邦久には、貯金もほとんどなかった。

収入は、絶頂期の四分の一から五分の一になっていた。それでも、彼は金は天下の回りもの程度にしか考えていなかったのだ。

財布の中に、常に一万円札が何枚か入っていたものだが、今は千円札が二、三枚入っているに過ぎない。

部屋代が二カ月分溜《た》まり、さらに、まとまった収入の目処《めど》がないという事態になり、ようやく彼は慌て始めた。

この辺で大きな仕事をして、名前を売らないことには、自分の将来はない。彼はそう考えた。

銀行口座には金がほとんどない。彼は、借りられるところから金をかき集め、ボスニア・ヘルツェゴビナの首都サラエボにやってきたのだ。

ボスニア・ヘルツェゴビナの紛争は、一九九四年の六月現在でも収拾の目処が立っていない。

紛争地帯に足を運ぶのは、一発当てようとするフリー・ジャーナリストやカメラマンの鉄則だった。

柴田邦久は、サラエボにやってきて途方に暮れてしまった。誰に会い、何を取材すればいいのかわからないのだ。

彼は、日本を立つとき、硝煙と砲撃の音に包まれ、小銃やマシンガンを撃ち合う戦場を思い描いていた。

その市街戦を眼に焼き付けて、感じるところを書き記そうと考えていたのだ。戦場の危険を思うと恐怖のために鼓動が激しくなった。

だが、彼は後には引けないと覚悟を決めて来たのだ。

サラエボは、平穏だった。それは、不安定な平和ではあった。二月にＮＡＴＯが、セルビア人勢力に対して空爆を行うと警告した。そのために、セルビア人たちは、サラエボを包囲していた重火器を撤去したのだ。

そのとき以来続いている町の平和だった。今でも、一日に百件ほどの狙撃がある。だが、市街戦や重火器の砲撃に比べればどうということはない。

飛び交う銃弾や、炸裂《さくれつ》する迫撃砲といった戦場を予想していた柴田邦久は、拍子抜けしてしまった。

町で暮らす人々は、狙撃の音などには、もうそれほど反応しなくなっている。東京で、消防自動車やパトカーのサイレンが聞こえたときの反応とたいして変わりはない。夏を迎えようとしているサラエボの市民は、市内を流れるミリャッカ川に水着で繰り出し、水浴びや日光浴を楽しんでいる。

柴田は通称『スナイパー通り』と呼ばれるサラエボの目抜き通りを歩いていた。政府軍の兵士が巡回をしている。建物のほとんどは瓦礫《がれき》と化しているように見えるが、それでも、その建物に住んでいる人がいるようだった。

柴田は汗をふいた。気温は三十度を超えている。

突然、自動車のエンジンの音が背後から聞こえて、柴田は振り返った。

ジープが急停車した。三人の兵士が乗っている。彼らは、空色のベレー帽子を被《かぶ》っていた。ジープには、同じ空色のペンキで、「UN」と大きく書かれている。

国連保護軍の連中だ。制服は、ベルギーのものだった。彼らは、ベルギー製のFNS自動小銃を手にしている。

「止まれ！」

助手席の兵士がフランス語訛《なま》りの英語で命じた。「動くな!」

ジープの後部に腰を降ろしていた兵士が、FNS自動小銃を柴田に向けている。

柴田は、自分で業者に作らせた『PRESS』と書かれた腕章を左腕に着けていた。

兵士たちは、その腕章を無視して尋ねた。

「ここで何をしている?」

国際問題を扱うジャーナリストに英語力は不可欠だ。だが、柴田は、それほど英語が得意ではなかった。

なんとか海外旅行をして不自由をしない程度でしかない。

英語力もたいしたことはない。ジャーナリズムの訓練も受けていない。それで、紛争地帯で取材をしようというのだから、無謀といわれてもしかたがない。

彼は、右手で、『PRESS』の腕章を指さして見せた。

兵士は、それを見ても表情を変えなかった。同じ質問を繰り返した。

「ここで何をしている?」

柴田は、何とか英語で答えた。

「私は日本のジャーナリストだ。取材をしている」

「日本人だと?」

国連保護軍のベルギー兵士は言った。露骨に軽蔑《けいべつ》の表情だった。後部にいる兵士は、銃を向けたままだ。

「ジャーナリストがやってくるのに、なぜ兵がこない？」

「日本に軍隊はないよ」

柴田は真顔で言った。

「ふざけるな。世界で二位の軍事力を持っていることは、誰でも知っている」

柴田は知らなかった。

「自衛隊は軍隊ではない」

日本国内では通用するこの論理も、海外の、それも兵士にはまったく通用しなかった。

「寝言を言うな」

ベルギー兵は言った。「おまえたち日本人は、俺たちが戦地で苦労しているあいだに、金を儲けて、世界中で女を漁《あさ》ってるんだ」

運転席の兵士が言った。

「そうとも、日本人は、金儲けとファックのことしか考えていない。男も女もそうだ。兵隊を派遣できないのなら、せめて慰安婦を送ってくれ。日本の女はみんな男とやるのが大好きなんだろう?」

最近、ヨーロッパでは、こうした評判が広がっているということを柴田は知っていた。ドイツでは、有名な雑誌が日本の風俗営業を特集し、日本人は、男も女もセックス・アニマルだという印象を読者に与えた。

それを反映してか、ドイツでは、日本人女性に対するセクシュアル・ハラスメントが急増しているということだ。

彼はこれまで扱ってきた題材を反映して、政治的な問題よりも、風俗関連に明るかった。

柴田は、ベルギー兵の態度に怒りを覚えた。だが、何を言い返せばいいのかわからない。何も言えないとき、怒りを表すには手を出すしかない。

柴田は、銃を向けられているにもかかわらず、一歩彼らに近づこうとした。

その瞬間、ベルギー兵は、FNSをフルオートで撃った。

柴田の足元に着弾し、アスファルトの破片が、顔にまでぶつかった。

銃を持った兵士は、面白そうに笑うと言った。

「動くなと言ったはずだ」

柴田は、ショックを受けて立ち尽くした。銃を向けられ、発砲されたのは生まれて初めてだった。

恐怖のために、後頭部が痺《しび》れたようになっていた。顔面は蒼白《そうはく》で、目を見開き、口をぽかんと開けている。

兵士たちは、その表情を見てあきれたように顔を見合わせた。

助手席のベルギー兵が言った。

「とっとと国に帰んな」

運転手はギアを入れると、クラッチを乱暴につなぎ、ジープを急発進させた。

三人の兵士は、大声で笑っていた。

モスリムらしい政府軍兵士が、その様子をにやにやしながら眺めていた。

ベルギー兵は、退屈しのぎに柴田をからかったのかもしれない。だが、柴田は、大きな屈辱を味わっていた。

まず、銃を向けられていながら、まさか本気で撃つことはないだろうと高をくっていた自分の認識の甘さに情けなさを感じた。

日本での習慣が抜けないのだ。

日本では、警官が犯罪者に対して銃を撃つことすら珍しい。だが、一歩日本を出ると事情は変わる。銃は撃つためにあるのだ。

そして、銃を向けるということは、撃つ気だと思わなければならない。銃を持つ社会では、撃つときにはためらうなと教えられるのだ。

さらに、国際社会のなかで、日本人がいかに特別であるかを痛感していた。銃を持って戦うのが、国際社会の常識なのだ。

柴田は、その点について改めて考え直さねばならなかった。戦うことが正しいとは思えなかった。しかし、実際に、紛争解決のために、軍隊を派遣している国がたくさんある。

兵士たちは、いわば他人のために血を流しにやってきているのだ。日本はどうすればいいのか。柴田は、まったくわからなくなっていた。他国が派兵しているのだから、日本も派兵すべきだとはどうしても思えなかった。

問題はそれほど単純ではない気がした。

途方に暮れた様子で立ち尽くしている柴田に政府軍兵士が近づいてきた。兵士は二人組だった。

彼らはユーゴ製のカラシニコフであるツァスタバＭ７０ＡＢ２を持っていた。ショルダーストックが木製ではなく、金属のパイプで組まれているのが特徴だ。

彼らはまだ若かった。ひょっとしたら、二十歳になっていないかもしれないと柴田は思った。

片方が柴田の『ＰＲＥＳＳ』の腕章を見て言った。

「こんな所で何を取材しているんだ？」

若いが、一端《いっぱし》の男の態度だった。渋谷あたりでふらふらしている大学生などとはまったく違うと柴田は思った。

「さあな……」

「ほかの国のジャーナリストは、ツズラやビハチのほうへ向かったのにな……。もっとも、途中で足止めを食らっているかもしれないけど……」

「ツズラ……？」

「空港のある町だ。サラエボから北東に進んだところにある。ビハチは、北西だ。どちらも国境に近い。ツズラは、セルビアとの国境の側だし、ビハチは、クロアチアの側だ」

「そっちでは、戦闘をやってるのか？」

「ＮＡＴＯが空爆をやると言ってセルビアのやつらを脅かした。イタリアからサンダーボルトがやってくる。イギリスの空母アーク・ロイヤルから、シーハリアーが飛んでくる。そして、爆弾を落とす。ＮＡＴＯの連中はそう言った。セルビアは、サラエボから撤退した」

　もうひとりの兵士が、続いて説明を始めた。

「そのあと、NATOの戦闘機が、セルビア人の軽攻撃機を撃墜した。アメリカのF16ファイティング・ファルコン二機が、G4スーパーガレブを四機落としたんだ」

「俺たちモスリムの代表、イゼトベコビッチとクロアチアのツジマン大統領は、連邦国家を作ろうとした。調印したとたん、セルビアの野郎どもが、ゴラジュデで俺たちの仲間を殺戮《さつりく》し始めた」

「ゴラジュデ？」

「サラエボの南の町だ。俺たちモスリムの町だ」

　もうひとりが、いきいきとした表情で話した。

「三月にNATO軍所属のスペイン機がセルビア人の対空砲火を浴びてリエカ空港に緊急着陸した。四月十日と十一日の二日にわたり、今度はアメリカのF16二機がゴラジュデを爆撃した。セルビアは、イギリスのシーハリアー一機を撃ち落とした。すぐに、NATO軍は、また空爆をした」

　どうやらこちらの兵士は、航空機マニアのようだった。空軍志願だったのかもしれない。柴田はそう思った。

「ゴラジュデはどうなった？」

「セルビア人はなおも激しい砲撃をして、難民を含めた六万人以上の仲間が孤立した。その後、ＮＡＴＯ軍は、再度の空爆を通告し、セルビア人はゴラジュデの停戦に応じた。ゴラジュデから追い払われたセルビア人は、今度はツズラを包囲し始めた。戦闘の中心は、ゴラジュデからツズラに移った。その後、ブルチコでも俺たちとセルビア人の戦闘が起こっている。さらに、ビハチでは、俺たちモスリムとセルビア人の味方をする『西ボスニア自治州』部隊が砲撃戦をやっている」

「『西ボスニア自治州』？　何だそれは？」

「モスリムのくせにセルビア人の味方をする裏切り者どもだ。何にしろ、こんなところにいたら、たいした取材はできないよ。国連保護軍のやつらもここでは退屈している。だからあんな目にあうんだ」

「そうだろうな……」

「セルビア人の支配区域に行けば、やつらも女を買える」

「何だって……」

「セルビア人は、俺たちの仲間の女を捕まえて片っ端から強姦《ごうかん》し、売春をやらせている。国連保護軍の連中も買っている」

彼の口調は、急に激しいものになった。「国連のやつらは、俺たちの仲間の女を金で抱いているんだ」

柴田は何と言っていいかわからなかった。英語力の問題ではなかった。

「ジャーナリストの仕事がしたいのなら、セルビア人の地区に行ってみな」

そう言い残すと、ふたりの兵士は、離れて行った。

柴田は、ますます混乱していた。

2

ツズラに行くという民間の車などなかった。柴田は、足を確保するために様々な人に交渉した。

民間人、モスリムの兵士、他国のジャーナリスト、そして、国連保護軍の兵士。国連保護軍の兵士に声を掛けるのは気後《きおく》れした。ベルギー兵たちの一件があったからだ。だが、そんなことは言っていられなかった。この取材には、彼の今後の生活がかかっているのだ。

けんもほろろの扱いを受けることを覚悟していたが、意外にも、快く柴田を同乗させてやろうという兵士が見つかった。

フランス兵だった。

輸送トラックの荷台に乗せてくれるという。サラエボでの国連保護軍の規律や統制は、思ったほど厳しいものではなかった。

兵士たちは、話によっては、ボスニアの民間人まで車に乗せるのだった。ただし、彼らは、その民間人が行った先で生きようが殺されようが知ったことではないのだ。

柴田にしても同様だった。帰りの手段など確保できない。フランス兵は、適当なところで柴田を降ろし、あとは知らん顔なのだ。

国連保護軍のチェックポイントが数カ所あり、やがて、輸送トラックは止まった。

「ここはどこだ？」

柴田は、運転していたフランス兵に尋ねた。

「さあて……」

フランス兵は、地図を出して頭をかいた。「どこかこのあたりだろう。検問の兵隊に訊《き》いてみな」

「ここが目的地なのだろう。なのに、どこだかわからないのか？」

「誰かが地図に印をつけた。俺は、道を走りながら、走行距離計を眺めていた。そうしたら、検問所があり、ここが国連軍の中継基地だとわかった。それで俺の任務は果たしたことになる」

柴田は、検問の兵士のひとりに尋ねた。

「ツズラに行きたい。どうすればいい？」

「何しに行くんだ？」

柴田は、左腕の腕章を指し示した。

「取材だ」

「セルビア人に接触しようというのか？」

「そのつもりだ」

「ツズラでは、また断続的に戦闘が続いている。おまえがツズラにたどりつくまえに、包囲しているセルビア人に殺されるかもしれない」

「そうかもしれないな……」

検問の兵士があきれた表情で言った。

「俺たちが何をやっているのか知ってるのか？　戦争だ。おまえは、俺たちの車でここまでやってきた。これから、セルビア人と接触しようという。そんなことが許されると思うか？　スパイじゃないとどうして言える？」

「誰も証明はしてくれないな」

「俺はおまえを拘束することもできる」

「そうすべきだと思ったら、そうすればいいさ」

「ツズラへ行きたいんじゃないのか？」

「別にツズラじゃなくてもいい。俺は、このボスニア・ヘルツェゴビナの実情を取材しに来た。何がここで行われているかを知ることが大切なんだ」

「能天気なやつだ。日本人か？」

「そうだ」

兵士の顔に冷笑が浮かんだような気がした。彼は言った。

「行け。ここから五キロくらいでセルビア人の包囲網に着く。歩いてもたいしたことはない。勝手に行って、殺されるがいい」

柴田は、兵士の指さす方角に歩きはじめた。ここまで来て後戻りはできなかった。

午後の日差しが、柴田の体内から汗を絞り出している。

彼は、ザックの中にミネラル・ウォーターのボトルを持っていた。ぬるくなったミネラル・ウォーターで、最低限の水分を補給する。

道の脇には、木立が並んでおり、柴田はなるべく木陰を歩いた。

突然、自動小銃を持った兵士に囲まれた。兵士は三人いた。

彼らは、ユーゴ製やルーマニア製のカラシニコフを持っていた。

その一人の顔を見て、柴田は眉をひそめた。典型的なアジア人の顔だちだった。

柴田は、なんとなく親近感を覚えてその兵士を見つめたが、彼は、まったくの無表情だった。

セルビア人のなかに、どの程度のアジア民族が混じっているか、柴田は知らなかった。しかし、いてもおかしくはないと彼は思っていた。

セルビアは、ヨーロッパのなかでは、最もアジア寄りの地域とも言える。

柴田は、三人に腕章を指し示した。

「日本のジャーナリストだ」

兵士の一人が言った。

「どこへ行く？」

「ツズラで砲撃戦があったと聞いて、そちらへ向かう途中だ」

「おまえたちの見るものなど何もない」

兵士は冷たく言うと、他のふたりに合図した。ふたりの仲間は、柴田の背に自動小銃の銃口を押しつけて、進めと無言で命じた。

「どうするんだ？」

「スパイかもしれない。取り調べる」

「わかったよ」

柴田は、慎重に振る舞わなければならないと思っていた。「好きにしてくれ」

だが、この場合の慎重な振る舞いというのはどういうものかわからなかった。結局、逆らわないのが一番だと思った。

セルビア人兵士は、柴田を林の中に連れていった。柴田は、基地に連れていかれるものと思っていた。

だが、彼らが立ち止まったのは、林を出たところにある小さな村の外れだった。村には人の気配がなかった。

彼らは、かつてはバーだった建物の前で止まった。ひとりが柴田に言った。

「ドルを持ってるか？」

「ドル……？」

「持っているかと訊いているんだ」

「持っている」

彼は顎《あご》をしゃくって中に入れと無言で命じた。柴田は荒れ果てたバーに足を踏み入れた。

太陽の下から急に薄暗い建物のなかに入ったので目が慣れなかった。中に人がいるのがわかった。

兵士が一人、銃を誰かに向けている。よく見ると、三人の娘だった。三人ともまだ若かった。ひとりは、明らかにまだ少女だった。

「五十ドルだ」

柴田を連行してきた兵士が言った。

「何だって？」

「五十ドルで抱かせてやるよ。好きなのを選びな」

柴田はまたしても精神的なショックを受けた。売春に驚くほどうぶではない。しかし、状況が異常だった。

柴田は、予備知識として民族浄化政策というのを知っていた。セルビアの兵士が、モスリムの女性たちを無差別に強姦しているという。モスリムを根絶やしにするのが目的だとセルビア人は言っているが、実際は、楽しみのために女を犯しているのだ。

三人の女性は、拉致《らち》されたモスリムに違いなかった。

セルビア人、モスリムといっても、民族的に違いがあるわけではない。人類学的にいえばまったく同じなのだ。

信じている宗教が違うだけだ。セルビア人は、セルビア正教を信じ、モスリムは、イスラム教を信じる。それだけの違いなのだ。

それなのに、セルビア兵は、モスリムの女を他民族と決めつけ、その民族を浄化するという名目で犯しているのだ。

さらに、この四人の兵士は、売春をやろうというのだ。

「冗談じゃない」

柴田は興奮して、日本語で言っていた。「おまえたちと一緒にするなよ」

セルビア兵は、もちろん日本語などわかるはずはなかった。だが、柴田が拒否していることはわかった。

兵士の一人は、一番年上らしい女の頬を片手でつかんで、柴田のほうに向かせた。

「気に入らないのか？」

別の女の顔を同様につかむ。

「こっちはどうだ？　好きなのを選べよ。日本人はセックスが何より好きなんだろう？」

金持ちのセックス・アニマル——世界各国の日本人に対する評価は、ほぼ固まっているらしい。

柴田は、唾《つば》を吐き捨て、その店から出ようとした。

「かっこつけんなよ」

柴田は、はっとした。日本語が聞こえたからだった。

彼は、アジア人の顔をしたセルビア兵のほうを見た。その兵士が日本語を話したのだ。

柴田は彼をしげしげと見つめた。

「あんた、日本語がしゃべれるのか？」

「ああ。俺は日本人だからな」

柴田は驚いた。

「日本人がなぜこんな所に……」

「あんただって日本人だ。そして、ここにいる」

「俺はジャーナリストだ。だが、あんたは、銃を持ってセルビア兵としてここにいる。なぜだ？」

「なぜだろうな……」

彼は、皮肉な感じの笑いをかすかに浮かべた。「俺にもよくわからん」

見たところ、彼はまだ二十代のようだった。柴田は、彼のような日本人青年がいることに衝撃を感じたが、同時に強い興味を覚えた。

柴田は質問しかけた。訊きたいことはいっぱいある。

だが、別の兵士に遮《さえぎ》られた。

「おい、どの女を選ぶんだ？」

彼は明らかに苛立《いらだ》っている。

柴田は、日本人のセルビア兵に言った。

「女は買わない。そう言ってくれ」

「本当は抱きたいんだろう。日本の収入を考えると、五十ドルくらいどうということはないはずだ。ジャーナリストは金持ちだからな……」

「俺は、フリーランスで金がない。もし、金が有り余っていたとしても彼女らを買う気はない」

「おかしなやつだ」

「おかしいのはあんたたちのほうだ」

日本人のセルビア兵は、仲間に何事か伝えた。セルビア語だったので柴田には何を言ったのかまったくわからなかった。

セルビア人の兵士は、顔をしかめ、親指で首を掻《か》き切る仕草をした。

世界共通の殺しの合図だ。

柴田は、店の外に出された。膝《ひざ》が震えた。

「おい、俺を殺すのか?」

柴田は、日本人の兵士に尋ねた。

「そうだ」

「ジャーナリストを殺すとただじゃ済まないぞ」

「別に問題ないさ。ここは戦場だ。誰が死んでもおかしくない」

「狂ってる……」

日本人兵は、それを聞いてまた皮肉な笑いを浮かべた。

柴田は、木の下に連れていかれた。ひとりの兵士が銃を構えた。

柴田はパニックを起こした。悪夢の感覚だった。

兵士は銃を撃った。

柴田は、目をつぶっていた。全身が奇妙な脱力感に包まれた。恐怖の極に達したのだ。射精したときのような感覚だった。

弾は、柴田の頭上の木の枝をなぎ払っていた。枝の破片や葉の破片が降り注ぐ。

兵士たちは、大笑いを始めた。

柴田の股間《こかん》が濡《ぬ》れていた。失禁したのだ。兵士たちは、それを指さして、さらに笑った。

日本人が近づいてきた。

「正義漢面をするからこういうことになるんだ」

柴田は、ようやく、兵士たちにからかわれたのだと気づいた。

猛烈に腹が立ったが、失禁したあとでは、何を言っても無駄な気がした。

「さあ、行けよ」

日本人兵は、柴田に言った。

「待ってくれ」

柴田は、ようやくパニックから解放されて言った。「話を聞かせてくれないか？」

「取材をしようというのか？」

「そうだ。なぜ、日本人がセルビア兵として戦っているのか、聞きたい」

「お断りだ」

「あんたの生き方に興味があるんだ」

「生き方だと？　俺は、たまたまこの国にやってきた。そしたら戦争をやっていた。職を得るために志願した。それだけのことだ」

「名前は？」

「自分から名乗るもんだぜ」

「柴田だ。柴田邦久」

「俺は、ここでは、サカキ・マモルと名乗っている。じゃあな……」

「どうして日本人のあんたが……」

去りかけたサカキは、振り返った。その表情は、これまでとは違い真剣だった。かすかに怒りのようなものすら感じられた。

「国を一歩出たら、日本人も何もない。ただの人間がいるだけだ。事実、世界の紛争地帯では、多くの日本人が兵士として戦っている」

「あんたは特別ではないということか？」

「本当に興味があるなら、『シンゲン』という男を探してみるんだな」

「『シンゲン』……？　何者だ？」

「俺たちの世界での有名人だ。数々のゲリラを組織して、戦闘の指導をしたといわれている。日本人であるという以外、素性は知られていない。『シンゲン』というのはもちろん本名ではない」

「どこに行けば会える？」

「どこかの紛争地帯に行けば会えるはずだ。俺が最後に噂を聞いたのはアフガニスタンだった」

サカキ・マモルの仲間が、セルビア語で呼びかけた。

彼は、柴田に背を向けて歩き去り、バーの中に消えた。ドアが閉ざされた。

柴田は、しばらく立ち尽くしていたが、やがてゆっくりと歩きはじめた。彼は、ツズラへ行く気をすでになくしていた。

国連保護軍の検問所目指して、来た道をもどり始めた。

柴田は、一度日本に戻ることにした。

ボスニア・ヘルツェゴビナでの取材は、失敗だった。彼は、サラエボでは何も収穫はないと感じていた。

それでも、金は稼がなければならない。彼は、知り合いの雑誌編集者を片っ端から当たって、サラエボでの体験談を記事にしようとした。

彼は写真も撮っていたので、写真だけ買おうという話にも応じた。

実際に紛争地帯に足を運ぶというのは説得力があるものだ。たとえ、現地で目ぼしい出来事がなくても、ただ、そこに行ったというだけで箔《はく》が付くものだということを思い知った。

彼は、サラエボへ出掛ける前よりはるかに楽に仕事にありついた。いずれも単発で将来につながるような仕事ではない。

若者雑誌の記事が一本に、コラムが三本、その他、写真だけ買ってくれた編集部が二カ所あった。

柴田は、その仕事をこなし、さらに、その記事を手に自分を売り込んで歩いた。

今度ははっきりとした目的があった。

日本人のセルビア兵、サカキ・マモルが言った『シンゲン』を探し出して取材をするつもりだった。

柴田は、サカキ・マモルのことも、記事のなかで触れていた。柴田に衝撃だったことは、担当の編集者にとっても衝撃であり、また読者の興味を引いた。

ついに、柴田は、前号でサカキ・マモルのことについて触れた記事を書いた雑誌の編集者から、取材の依頼を取り付けることができた。

その雑誌は、大手出版社が出している若者向けの月刊誌だった。編集者の名は、富《とみ》坂《さか》といった。

富坂に呼び出されて編集部に行った柴田は、こう言われた。

「少しはまともな記事が書けるようになったじゃないか」

「せっぱ詰まってますからね……」

「セルビア兵の中に日本人がいたというのがおもしろかったな……。現地に行かなければ書けない記事だ」

「その連中に銃で威《おど》され、俺はしょんべんを洩《も》らしたんですよ」

「本当か？　その話も書くべきだったな……」

「もっと生活に困ったら書きますよ。恥も外聞もないくらいに困ったらね……」

「その日本人兵が言ったという日本人傭兵のことだが……」

「『シンゲン』と呼ばれているそうです」

「その筋に詳しい連中に尋ねてみたら、確かにそういう人物は実在するらしい。だが、その『シンゲン』と接触した日本人ジャーナリストはまだいない」

「俺にそれをやらせてみる気にはなりませんか？」

「実はその気になっている」

「取材費を出してくれますか？」

「なんとかする。君には実績があるから何とかなるだろう」

「サカキ・マモルは、最後にアフガニスタンにいるという噂を聞いたそうです」

「アフガニスタンか……。まだそこにいるとは限らんな……」

「とにかく行ってみないことには足取りはつかめませんよ」

「わかった。アフガンに行ってくれ」

柴田は、『シンゲン』という人物を取材することで、これから先、日本人がどうやって他国と付き合っていくべきかという方策が見えてくるのではないかと感じてきた。

彼は、初めて、取材に出る際に、明確な目標を持つことができた。

3

アフガニスタンとパキスタンの国境のカイバル峠は、ものものしい雰囲気だった。

柴田は、サラエボに行ったときの教訓から、今回は、事前に十分な下調べをしていた。カイバル峠には、国境ゲートがあるが、平時には一切検問がない。

国境の両側にはいずれもパシュトゥーン人が住んでおり、行き来は自由だった。

しかし、この一月にラバニ大統領と反大統領連合が首都カブールの攻防戦を始めてからというもの、国境ゲートは固く閉ざされ、両側に、アフガニスタンとパキスタンの国境警備兵が立っている。

カブールから逃げだした難民が荷物を抱え、ゲートが開くのを待って座り込んでいる。

どの顔も疲れ果てている。

柴田は、ガイドを雇っていた。単独で紛争地を歩くというのは、聞こえはいいが実は大変に効率が悪いということを思い知っていたのだ。

ガイドは、モハメドという名だった。アフガニスタンに限らず、イスラム教国ではお馴染《なじ》みの名だ。

浅黒い精悍《せいかん》な顔つきをしているが、猜疑心《さいぎしん》のため か目つきが悪い。このあたりでは、誰もがこうした目つきをしている。

あるいは、諦《あきら》めきった暗い眼をしているかどちらかだ。

柴田は、語学の必要性を痛感して、英語の猛勉強を始めていた。基本的な会話はなんとかこなせるので、語彙《ごい》と言い回しをとにかく暗記した。

あとは、使いながら上達を待つしかない。幸い、柴田には語学の才能があった。

「この連中は、いつまでここでこうしているつもりだ？」

柴田は、ゲートのそばにいる何千人という難民を見て、モハメドに言った。

「国境が開いて、パキスタンに行けるまでだよ」

モハメドは、冷やかな調子で言った。

柴田が渡したマイルド・セブンの箱から、一本大切そうに抜き出して、火を点《つ》けた。

「なぜパキスタンに？」

「親戚がいる者もいる。友達がいる者もいる。とにかく、カブールで戦争やってるんだ。戦争をやっていないパキスタンに逃げたいと思うのは自然だろう」

柴田にはぴんとこなかった。

日本で戦争が起きても、日本人は、日本から隣の国に逃げようとはしないだろう。それは、日本の特殊事情なのかもしれないと、柴田は思った。日本は、海で四方を囲まれている。おいそれと逃げだすわけにはいかないのだ。

言葉の問題もある。日本人が、隣の国に逃げたとしても、言葉でたいへんな苦労をするはずだった。

だが、アジアやヨーロッパといった大陸の国では事情が違う。

国境は日本よりずっと住民の身近にあるのだ。

突然、難民たちが口々に何かをわめき始めた。何事だろうと柴田は思った。

難民たちは、アジアハイウェーのアフガニスタン側を見ていた。

曲がりくねって、岩と石と砂の間を登るアジアハイウェーを一台のトラックがやってきたのだった。

「あのトラックは何だ？」

柴田は、モハメドに尋ねた。

「救援物資の運搬トラックらしいな。食料をパキスタンに運ぶんだ」

「それで、みんなは何を騒いでいるんだ？」

「みんな、わかっているのさ。トラックを通すためにゲートが開くことをな……」

モハメドの言ったとおりだった。

難民たちは、トラックがゲートに近づくにつれ、ゲートの側に殺到した。

それは、すさまじい光景だった。

ゲートが開き、トラックが通る。そのすきに、何人もの難民が国境を越えてパキスタンへと足を踏み入れた。

しかし、パキスタンの国境警備兵は、鞭《むち》で彼らをアフガニスタンに追い返し始めた。

兵士たちは、情け容赦なく難民たちに鞭を振り降ろした。柴田は、その光景をカメラに収めた。

トラックが、ゲートの向こうで止まった。国境警備兵が荷台を調べた。ジュートの袋の中に、隠れていた女や子供が発見された。

兵士は、その女と子供を鞭でアフガニスタン側に押し返してしまった。

「ひどいものだな……」

柴田は、英語でつぶやいた。

彼は英語の上達の秘訣《ひけつ》をものにしていた。独りごとも英語で言うように心掛けるのだ。そうすると、自然に英語でものを考えるようになる。

そのつぶやきを聞いたモハメドが、無表情に言った。

「なに、ここでは日常だよ」

カブールはどこもかしこも瓦礫の山だった。ロケット砲の応酬《おうしゅう》があり、建物が破壊し尽くされている。

なだらかな丘の傾斜に張り付くような形で並んでいるのは、昔ながらの土造りの四角い家だ。その家々も破壊されている。

だが、町のなかは静かだった。

戦闘状態にあると聞くと、一日中撃ち合いや砲撃を続けているような気がする。だが、実際には、大半の時間は静かなのだ。

どんなに裕福な国の軍隊でも、一日中撃ち合いをするような戦争を何カ月も何年も続けることはできない。

弾薬も兵員もたちまち底をついてしまう。ただ、実際に撃ち合いや砲撃がない時間帯でも緊張は続いている。

いつ敵の攻撃が始まるかわからないのだ。その緊張が、紛争地帯独特のものだった。

破壊されたカブール市内にも、まだ住み続けている市民がいる。彼らは、ロケット砲で壊された建物の隣で物を売り、日常の生活を送っている。

柴田はその住民の逞《たくま》しさに舌を巻く思いだった。

現在、『イスラム協会』のラバニ大統領派が、辛《かろ》うじて首都カブールを制圧している。

それに対して、ヘクマティアルを代表とする『イスラム党』が、市郊外からロケット弾による攻撃を繰り返している。

また、アフガニスタン北部は、ドスタム将軍を中心とするウズベク人ゲリラが制圧しており、南部は、イランと密接な関係があるイスラム教シーア派ゲリラが押さえている。

戦いは、『イスラム協会』のラバニ大統領派と、『イスラム党』、ウズベク人ゲリラの連合との間で繰り広げられている。

『イスラム協会』は、少数民族のタジク人が組織している。一方、『イスラム党』は、多数派民族のパシュトゥーン人だ。

アフガン紛争は、この二つの民族の戦いと言われているが、『イスラム党』は、この見方を否定している。

『イスラム党』の最高幹部であるモハマド・サリムは、毎日新聞のインタビューにこたえ、次のように語った。

「内戦が、タジク人対パシュトゥーン人・ウズベク人連合の民族対立だとする見方は、西側マスコミの作り上げた虚像だ。『イスラム党』支持者の五十パーセントはパシュトゥーン人だが、残る五割には、ウズベク、タジク、トルクメンなどアフガニスタンのすべての民族が参加している。また、ウズベク人勢力とされるドスタム派部隊の半分は、パシュトゥーン人だ」

彼は、「われわれの戦いは、共産主義者に対する聖戦《ジハード》だ」と言い切った。

イスラム教徒が戦争をするとき、「ジハード」という言葉は、常套句《じょうとうく》だ。

柴田は、カブールを包囲する形で展開している『イスラム党』派の兵士たちに接触した。訊《き》きたいことはひとつだ。

彼は、自分は日本人であり、『シンゲン』と名乗る同胞を探していると兵士たちに話しかけた。

パシュトゥーン人は、『シンゲン』のことを知らなかった。

だが、イスラム教シーア派のゲリラに会い、同じことを尋ねたとき、劇的な反応があった。

ゲリラたちは、眼を輝かせて、口々に言った。

「おまえは『シンゲン』の友達か？」

「おまえが、『シンゲン』の友達なら、俺たちの友達だ」

「いつ『シンゲン』に会ったんだ？」

「『シンゲン』は元気なのか？」

柴田は、両手を上げて彼らを遮った。

「待ってくれ。俺は『シンゲン』に会ったことはないんだ。だが、ぜひ会ってみたい。居所を知りたいんだ。誰か知らないか？」

ゲリラたちは、一瞬、落胆の表情を見せたが、それでも柴田への親しみの態度は消えなかった。

「だが、おまえは『シンゲン』と同じ日本人だろう？　ならば、やはり、俺たちの友達だ」

比較的英語を流暢《りゅうちょう》にしゃべる兵士をつかまえて柴田は尋ねた。

「『シンゲン』は、ここで何をしていたんだ？」

「俺たちに、新しい戦いの方法を教えてくれた」

「新しい戦いの方法？」

「闇の中を音もなく移動したり、武器を取り上げられたときに、戦う方法だ。『シンゲン』は、俺たちを、三倍の人数に匹敵する部隊にしてくれた」

柴田は、何かの武術を想像した。

シーア派のゲリラといえば戦闘のプロだ。銃だけでなくナイフの扱いにも慣れている。ブービー・トラップその他のゲリラ戦術にも長《た》けているはずだ。その彼らが驚くほどの技術だ。

通常の戦闘テクニックとは考えにくい。事実、日本人の武道家で、海外の軍隊や警察組織の教官になった人間は大勢いる。

「『シンゲン』が教えてくれた技術は、ここで披露《ひろう》できるようなものか？」

柴田は尋ねた。

ゲリラはうなずいた。

「披露できるものもあれば、披露できないものもある。彼は単にテクニックを教えてくれたのではない。彼はわれわれの心を強くしてくれた」

柴田は曖昧《あいまい》にうなずいた。心を強くするというのがどういうことなのか具体的に想像ができなかったのだ。

「披露できるものを何か見せてはくれないか？」

「いいとも《マイ・プレジャー》」

そのゲリラは、仲間に何事か言った。仲間は、笑った。

ひとりが銃を預けて歩み出た。

ふたりのゲリラが向かい合って立った。ふたりは互いに礼をした。

それを見て、柴田はやはり何かの武道を『シンゲン』から学んだのだと思った。

彼らは構えらしい構えをとらない。

突然、片方が仕掛けた。

予備動作がほとんどない正拳突きだった。その、次の瞬間、仕掛けたほうは倒れていた。倒れたときには、すでに、喉《のど》を決められていた。

柴田は、武道や格闘技については素人だ。何が起きたのかまったくわからなかった。

それほど高度な技だったのだ。

柴田は、武道というのは、漠然と「相手がこうきたら、こう受けて、それから、こう反撃する」といったような約束ごとを連想した。

そうでなければ、柔道や剣道の試合のように互いに撃ち合ったり、組んずほぐれつするものしか見たことがない。

だが、ふたりのゲリラが見せたのは、それとはまったく異質のものだった。

すべてが一瞬で決まってしまったのだ。

倒されたほうのゲリラが起き上がった。

また、ふたりが対峙《たいじ》する。

こんどは、片方が蹴っていった。回し蹴りだった。

またしても、蹴ったほうがひっくり返されてしまった。同様に首を決められている。

両手でしっかりと首を絞《し》める形になっていた。

今度も、蹴ったと思った瞬間にすべてが終わっていた。

柴田は、技を掛けたほうの動きに注意していた。しかも、二度目だったので、あることに気づいた。

蹴られたときにさがらなかったのだ。

横に体をさばいたわけでもない。

一歩前へ出たのだ。蹴り足の膝のあたりを肘《ひじ》で引っかけるような感じだった。

あれほど見事にひっくり返るのだから、もっと様々な要素があるのだろうが、柴田にわかったのはそれだけだった。

ゲリラは、倒れた仲間の手をとって引き起こすと、自慢げに柴田のほうを見た。

「これは、『シンゲン』が教えてくれたことのほんの一部に過ぎない」

ゲリラは言った。「『シンゲン』は、俺たちひとりひとりの迷いを取り去ってくれた。疑いや不審が迷いを生む。信じることが何より大切だということを、再確認させてくれた。今では、俺たちは、戦うことがアラーのおぼしめしであると信じている」

「写真を持っているか？」

柴田は尋ねた。

ゲリラは、首を横に振った。

「俺は持っていない。だが、持っているやつを知っている。俺たちのリーダーだ。ここにはいない。カンダハルにいる」

「カンダハルというのはどこだ？」

「南だ」

柴田はガイドのモハメドに尋ねた。

「そこへ行けるか？」

モハメドは、興味なさそうに言った。

「行こうと思えば行けるだろう。どのくらいかかるかわからないがね……。カンダハルまでは四百五十キロある」

柴田は、かぶりを振った。

四百五十キロという距離は、日本で考えるよりずっと遠い。足の確保ができないからだ。モハメドは車を持っていない。

行こうと思ったらトラックを乗り継ぐことになるかもしれない。

ゲリラは、柴田の気持ちを察したようだった。彼は言った。

「一日待てば、補給のトラックが来る。それに兵員の交代要員を乗せていく。行きたいのだったらそのトラックに乗ればいい」

「そいつはありがたいな……」

柴田は言った。

すると、滅多《めった》に自分の意見を言わないモハメドがあきれたように言った。

「写真一枚のために、カンダハルまで行こうというのか？　付き合いきれないな」

「いや、モハメド……」

柴田は言った。「写真一枚のためではない。俺は情報という貴重なもののために行くんだ」

「ゲリラのトラックだ。途中で、大統領派の軍隊に攻撃を受けるかもしれない」

「おまえは行かなくてもいいさ」

「そう願いたいね」

「だが、そうなれば、契約はなかったことにする。これまでのこともただ働きだ」

モハメドは、猛然と何かをまくし立てはじめた。英語とプシュト語が混じっている。

さんざん悪態を並べたあと、モハメドは諦めたように言った。

「わかったよ。地獄へだってお伴してやるよ」

「くさるなよ。その代わり、特別手当を弾《はず》むよ」


ゲリラの言葉どおり、翌日、トラックがやってきた。

到着時は、スティンガーの応酬の最中で、とても移動などできないだろうと柴田は思った。

だが、英語の話せるゲリラが、柴田のところへやってきて言った。

「車が出る。カンダハルへ行きたいのなら、急げ」

トラックは、砲撃の音のなか、出発しようとしていた。

「危険じゃないのか？」

柴田はゲリラに尋ねた。

「ここに留まっているより、走っていたほうが安全さ」

柴田は、そう言われてもっともだと思った。やはり、平和に慣れてしまった日本人の危機感がずれているのかもしれない。彼はそう感じた。

日本人は、平穏なときに出発しようとする。何か起きたら、出発を見合わせようと考えるのだ。

柴田とモハメドは、トラックの荷台にはい上がった。

三人の兵士がいた。負傷しているようだった。彼らは、柴田を見て笑いかけた。『シンゲン』と同じ日本人だと彼らも知っているのだ。

『シンゲン』は、ゲリラたちを親日家にかえてしまったのだ。

楽な行程ではなかった。からからに乾いてひどく暑いアジアハイウェーをトラックは進む。

だが、文句は言えなかった。砂漠をラクダで旅することを思えばどうということはない。

八時間ほど車にゆられ、暑さのため、脱水症状寸前の状態で、トラックは、カンダハルに着いた。

カンダハルは、山をかなり下ったところにあり、カブールよりはるかに緑が多い感じがした。

トラックの運転手が、ゲリラの指導者らしい男に柴田のことを説明してくれた。指導者は、ラスタムと名乗った。

パシュトゥーン人というより、イラン人に近い風貌をしている。

彼は、何人かのゲリラとともに撮った『シンゲン』の写真を見せてくれた。たいへん魅力的な顔が笑いかけていた。黒々とした髭《ひげ》を蓄え、目尻に皺《しわ》を寄せてこちらの心をなごませるような顔で笑っている。

その温かで明るい笑顔が、意外に感じられた。もっと冷淡でタフなイメージを勝手に思い描いていたのだ。

「それで、『シンゲン』は、今どこにいるかわかりますか?」

「メキシコに行くと言っていた。そのあとのことは知らない」

ラスタムは言った。

「メキシコ……」

「もし、彼に会ったら伝えてくれ。あんたと会えたことを誇りに思っている。平和が訪れたら、心ゆくまで語り合おうと……。残念ながら、私は酒は呑《の》めないがね」

戦う男に、こうまで言われる日本人がいるだろうか。柴田は感動に近い思いを抱いていた。

「必ず伝えます」

柴田は、約束した。

4

柴田はこれほど慌ただしい日々を送ったことは、人生で一度もなかった。

アフガニスタンから帰国すると、また、その体験記を売り込み、金をかき集めてメキシコに発《た》つ準備をした。

雑誌編集部の富坂が、取材費のうち、足代程度の金を都合してくれた。メキシコは、六カ月以内ならばビザが不要なので、手続きそのものは実に簡単だ。

だが、旅の支度というのは、何かと手間がかかる。チケットの手配などは、富坂が代行してくれて、柴田はおおいに助かった。

富坂も『シンゲン』の記事に期待しているのだ。富坂が取材費を出してくれるのは、純粋に独占記事が欲しいからだ。

柴田は、下調べを始めて、『シンゲン』がどこにいるかすぐに見当がついた。メキシコで、ちょっとした騒ぎが起こっていたからだ。

先住民が武装蜂起《ほうき》をしたのだ。場所は、メキシコ最南端のチアパス州。

正月の元旦に事件は起こった。

政府の不当な扱いに抗議した先住民組織が戦争を宣言して、州政府の建物などを占拠した。

蜂起したのは、『サパティスタ民族解放軍』と名乗るグループだった。

その後、政府軍と『サパティスタ民族解放軍』はオコシンゴ市やサン・クリストバル・デ・ラス・カサスなどで銃撃戦を繰り返し、死者は四百人以上に上った。

こうなると、れっきとした内戦だ。

十六日には、停戦となり、二月二十一日から政府と『サパティスタ民族解放軍』との直接交渉が始まった。

こうして、武装蜂起は、一応おさまったかに見えたが、この和平交渉は、ガラス細工のようにもろいものだという見方が一般的だ。『サパティスタ民族解放軍』は、貧しい先住民の権利を主張し、それに耳を傾けさせることに成功した。

しかし、問題が解決したわけではない。

貧困や差別は、和平交渉後も残るのだ。すでに、構造的な問題と化している。つまり、社会の仕組みに組み込まれているので、簡単には改まらないのだ。

『サパティスタ民族解放軍』の役割はまだ終わっていないというわけだ。

この『サパティスタ民族解放軍』は謎の組織だ。

指導者と見られる男は、白人で、サン・クリストバル・デ・ラス・カサス占拠の際には「コマンダンテ（司令官）・マルコス」と報道されたが、その後の声明で、白ら「副司令官」と訂正している。

サン・クリストバル・デ・ラス・カサスでは、覆面の若い女性が、常にこのマルコス副司令官に付き添っていた。

また「フェリペ司令官」と呼ばれる六十歳くらいの先住民がゲリラを指導していたという報道もある。

資金源もよくわかっていない。

そのため、さまざまな憶測が飛び交った。

まずは、ＣＩＡや、キューバの陰謀説。だが、これは、冷戦時代ならいざしらず、今では、誰も取り合わなかった。

カマチョ前メキシコ市長が仕掛け人だという説もあった。

カマチョは、一九九四年の大統領選挙を目指していたが、サリナス大統領に後継指名されなかった。

そのサリナスの権威失墜を狙ったのだという説だ。

ロス・ペロー黒幕説もあった。

北米自由貿易協定に反対して、めちゃくちゃな発言を繰り返してきたペローは、メキシコ人の愛国心をずいぶんと傷つけたのだ。

ある雑誌は、現大統領のサリナス陰謀説まで取り上げた。

大統領の任期は、一九九四年の十二月までだ。その後も大統領の職に留まるため、非常事態を演出したという説だ。

どれも、にわかに信用できない説だ。

政府との直接交渉に、『サパティスタ民族解放軍』は、マルコス副司令官を始めとする十八人の代表を送り込んできたが、席上でも黒い目出し帽をかぶったままだった。

このとき、出席した十八人の代表のうち、白人は、マルコス副司令官だけで、あとは、すべてツォツィル、ツェルタルなどマヤ系の先住民だと名乗った。

やはり、女性がひとり付き添っていた。

オコシンゴやサン・クリストバル・デ・ラス・カサスの戦いに参加したゲリラの数は千二百人程度だといわれている。

メキシコ政府の内務、国防、司法の三省が発表した報告によると、政府は、蜂起の前年の五月から武装ゲリラの存在をつかんでいたという。

『サパティスタ民族解放軍』は、一九九三年から、メキシコ南部のチアパス州オコシンゴ、マルガリタスなど五つのムニシピオに計十五の訓練所を持ち、無線通信で連絡体制を整えていた。百七十の無線局があったと報告されている。

また、ライフルやマシンガンなどの武器は、新品が多いという。武器をどこから調達したか、また、その資金源は何かということは一切不明だ。

柴田は、このゲリラの活動に、『シンゲン』の臭いを感じ取っていた。

アフガニスタンのラスタムが、『シンゲン』はメキシコにいるらしいと言った。『サパティスタ民族解放軍』の武装蜂起は、その情報を裏付けているように思えた。

もちろん、希望的観測でしかないかもしれない。だが、柴田は、この際自分の勘を信じることにした。

現時点では、確実な情報など、どうせ望めはしないのだ。

この一カ月間、日本に落ち着けない生活が続いている。だが、こうした生活こそがジャーナリストの生活だと柴田は感じていた。

そしてまた、柴田は、メキシコに向けて成田空港から飛び立った。

メキシコシティの空気は、おそろしく透明だった。

陽光が、建物に実にくっきりとした影を作る。

空気は透明なだけでなく、実は、希薄なのだ。

柴田は、成田から十三時間かけてメキシコシティまでやってきた。どうしても休息が必要だった。飛行機は、成田を出発した同じ日のほぼ同じ時間にメキシコシティの国際空港に着く。

十五時間の時差のせいだ。

この時差が辛《つら》く、また、空気の希薄さにも慣れていないため、体調が思わしくない。頭が重い。

メキシコシティにいるあいだに、ガイドを雇う必要もあった。柴田は、スペイン語に関してはお手上げなのだ。英語を話せるガイドが必要だった。

ホテルで一泊して、翌日の飛行機でトゥストラ・グティエレスへ向かうことにした。トゥストラ・グティエレスまでは、二時間足らずだ。そこから、サン・クリストバル・デ・ラス・カサスまではバスで行くことになる。

ホテルにチェックインしてから、ガイドを探すことにした。ホテルの前に止まっている観光タクシーに乗り、運転手にガイドを探していると英語で告げた。

「どこか、ガイドを雇えるようなところへ連れていってくれないか？」

「ガイドなら、俺がやってやるよ、セニョール」

「市内の観光ガイドじゃないんだ」

「構わないよ。俺がやるよ」

「サン・クリストバルまで行くんだ。俺はジャーナリストだ。仕事なんだ」

「構わないよ」

「仕事を休むことになる」

「チャーターされたのと同じことさ。一日、二百ドルでどうだ？　ペソでなくドルで払ってくれ」

二百ドルというと、日本円で約二万円。メキシコの物価を考えるとかなり高い。

「日本人が皆金持ちとは限らないんだ。俺はそれほど裕福ではない。一日二百ドルは払えない。五十ドルだ」

「百ドル出してくれ。そうすりゃ、どこでも案内してやるよ」

「あんたは、サン・クリストバルのあたりに詳しいのか？」

「伯父が住んでるよ。おふくろの兄貴だ」

この言葉をそのまま信じるわけにはいかなかった。

柴田は、断ろうか頼もうか迷った。

観光会社へ行っても、ガイドを引き受けてもらえるとは限らない。観光が目的ではないのだ。

柴田は、後ろの座席から運転手を観察した。顔は見えないが、全身からののんびりとした風情が感じられる。

観光タクシーの運転手として働いているのだから、身元は確かなはずだ。柴田は、そう、理屈にならない理屈で自分を納得させた。彼は、流暢に英語を話す。それだけは確かなのだ。

ここで、妙なやつに騙《だま》されたとしても、それも運だ。

「七十だ」

柴田は言った。

「オーケイ。車で行くかい？　ガス代はそちら持ちだが……」

「どのくらいかかる？」

「そうだな……。まる一日ってところかな。飛ばせば二十時間くらいだ」

「飛行機にしよう」

「さすがに日本人は、豪勢だな……。旅費はあんた持ちだな」

「ああ。旅費は払うよ。俺は、柴田だ。あんた、名前は」

「フェルジナンドだ」

「よし、フェルジナンド。これで、俺は出掛ける用はなくなった。明日、朝十時に、ホテルのロビーへ来てくれ」

柴田は、タクシーを降りようとした。

「セニョール柴田。もうメーターを倒しちまったんだ。料金を払ってくれ」

「だが、おまえは走っていない」

「セニョールは、ガイドを見つけられるところまで行ってくれと言った。セニョールは、ガイドを見つけた。目的地までやってきたのと同じことだ」

柴田は、メーターを見て、金額どおりの金を渡した。一ペソたりともチップは渡さなかった。


「きれいな町だろう」

バスを降りるとフェルジナンドは言った。「メキシコシティと違って、昔ながらの建物が沢山残っている。ここは、昔、チアパス州の州都だった。立派な教会があるよ」

フェルジナンドの言うとおり、サン・クリストバルは美しい町だった。

バスは、猛烈に暑い土地を通り、サン・クリストバルへやってきたのだが、降りてみると気候は涼しかった。

かなり山を登ったのだ。空気がさらりとしていてやはり希薄な感じがする。湿度というものをまったく感じない。

空気が希薄で湿度も低いので、景色はたいへんにクリアーに見える。

黒っぽいほどに青い空と、真っ白な建物の壁のコントラストは、本当に美しかった。

「このあたりの住民は、まわりの低い土地を『熱い土地』と呼び、自分たちの土地を『冷たい土地』と呼ぶんだ」

フェルジナンドが説明した。

町のたたずまいは平和そのものだった。観光地というせいもあって、ことさらに町をきれいにしているのかもしれないと柴田が思ったほどだ。

わずかに、市の中央広場に砲撃や撃ち合いの跡が見て取れた。

だが、ほとんどの砲撃の跡は修理されているようだった。

「セニョール柴田、サント・ドミンゴ教会かナ・ボロム博物館でも見に行くかい？」

フェルジナンドは、英語をしゃべっているが、ミスタとはいわず必ずセニョールという。

柴田は首を横に振った。

「観光で来たのではないと言ったはずだ」

「ゲリラに会いたいのか？」

柴田は、フェルジナンドの顔をしげしげと見つめた。

眠たげな半眼だ。浅黒い肌に大きな口。その口のうえに大きな鷲鼻《わしばな》がある。顔だち自体はそれほど悪くないが、緊張感のない目つきのせいで、ぼんやりした印象を受ける。

だが、見かけほどぼんやりはしていないようだ。

「なぜそう思う？」

「海外のジャーナリストが、わざわざサン・クリストバルまでやってきた。ほかに理由は考えられないよ」

「そう。俺はゲリラに会いたい」

「会ってどうするつもりだ？」

「人を探している。日本人だ。『シンゲン』と呼ばれている。『シンゲン』は『サパティスタ民族解放軍』と接触したらしい」

「車が必要だな。周辺の村を訪ね歩く必要がある」

「レンタカーを借りよう」

「それよりいいことがあるよ」

「なんだ？」

「伯父がいると言っただろう。頼めば車くらい貸してくれるさ」

「本当に親戚がこの町にいるのか？」

「俺は、嘘を言わないよ、セニョール柴田」

「ならば、そこへ行こう。どうやって行くんだ？」

「電話をすれば、車で迎えにきてくれる」

柴田はうなずいた。

「どこかで、冷たいものでも飲みたい。腹ごしらえの必要もある。店に入ってそこから電話しよう」

フェルジナンドは、相変わらず、眠そうな顔で言った。

「こっちだ」

フェルジナンドが入ったのは、小さなカフェ・レストランだった。白い漆喰《しっくい》の壁、黒い木の梁《はり》という昔ながらの建物だ。

店に入るとすぐにバー・カウンターがある。店のなかは、薄暗かった。

というより、外が明るすぎるのだ。外の日の光に慣れた眼には、どうしても建物のなかが暗く見える。

フェルジナンドはビールを頼んだが、柴田はコーラを注文した。

「セニョールは、イスラム教徒か?」

フェルジナンドが尋ねた。

「なんのことだ?」

「コーラなど、子供の飲み物だ。もっとも、このあたりでは、子供でもテキーラを飲むがな……」

「俺は仕事中は飲まない」

「ジャーナリストに勤務時間があるとは知らなかったな……」

フェルジナンドの言うことにも一理ある。だが、柴田は、明るいうちから飲む気にはなれなかった。

「電話を掛けてくる」

フェルジナンドは、席を立った。

午後二時を過ぎると、レストランが混み始めた。それぞれのテーブルには、酒やりフレスコと呼ばれる清涼飲料水が並び、人々は時間をかけてたっぷりと料理を楽しみ始めた。

　フェルジナンドが戻ってきて柴田に告げた。

「ここに従姉妹《いとこ》が迎えにきてくれる」

「なんでこんな時間にレストランが混みはじめるのだろうな？」

　柴田が言うと、フェルジナンドは、半眼のままこたえた。

「なんでって、昼飯の時間じゃないか」

「昼飯……」

「メキシコでは昼飯が正餐《せいさん》だ。コミーダというのは、食事という意味だが、昼飯のことをいうんだ。もっともシティなんかのビジネスマンは、アメリカのような食生活を送っているがね……。この土地ではあまり合理的ではないな」

「どうしてだ？」

「気圧のせいだ。夜に物を食いすぎると、寝ている間に腹にガスが溜まって苦しむことになる」

「では、俺たちもしっかりと食事をすることにしようか」

「それがいい」

「俺は料理のことはわからん。あんたが頼んでくれ」

フェルジナンドは、ウェートレスを呼んで、注文を始めた。

料理が並び始めるとフェルジナンドは、説明を始めた。

「これが、タマーレス。トウモロコシの粉に油を混ぜて蒸したものだ。こっちはエンチラーダス。トウモロコシの焼きパンで鶏肉を包んで、煮立てたソースにつけたものだ」

柴田は、好き嫌いはない。

エンチラーダスを一口頬張って、目を丸くした。煮立てたソースというのは、唐辛子のソースだった。日本人の口には、辛すぎた。

その柴田の顔を見て、フェルジナンドは、初めて笑顔を見せた。決して無邪気な笑い顔ではなかったが、確かに笑顔だった。

料理を平らげたころを見計らうように、いいタイミングで迎えが現れた。

フェルジナンドが出入口のほうに向かって手を振った。

柴田はそちらを振り向いた。

輝くような美女が、小走りに近づいてきた。

5

「従姉妹のオフェリアだ」

フェルジナンドが言った。そのあと、彼は、スペイン語で柴田をオフェリアに紹介した。

柴田は、オフェリアの魅力に打ちのめされたように彼女を見つめていた。

彼女は、色あせた赤のTシャツに、ジーンズのオーバーオールを着ていた。農民の恰好《かっこう》だった。

それでも、彼女は、驚くほど美しく見えた。

ウェーブのかかった長い黒髪。肌は日に焼けていかにも健康そうで、鳶色《とびいろ》の眼はいきいきしていた。オーバーオールを着ていても、プロポーションのよさはよくわかった。

特に、胸と腰の曲線は見事だった。

メキシコは、民族の坩堝《るつぼ》と言われている。血のブレンドは、ときに、奇跡のような美しさを生む。

オフェリアの場合がそうだった。

オフェリアの握手は、力強かった。その力強さが溌剌《はつらつ》とした魅力と感じられた。

「さ、行こう、セニョール」

フェルジナンドがオフェリアとともに、店を出た。

柴田が勘定をすべて払わなければならなかった。

オフェリアが運転してきた車は、古いトラックだった。明らかに農作業に使っている車だった。

三人乗ると、窮屈だったが、荷台で日にさらされているよりはましだ。走りだした車は北に向かって進んだ。

さらに山を登る感じだった。山道に入ると、周囲は、密林《セルバ》となった。

やがて車が停《と》まり、オフェリアが、スペイン語で何か言った。

フェルジナンドが柴田に言った。

「着いたよ、セニョール」

車が停まったのは、密林《セルバ》を切り開いたわずかな平地で、さらに、奥地のほうに細い道が延びている。

その道をたどると、すぐに家が見えた。

木造の立派な家だった。二階建てで、庇《ひさし》が大きく張り出し、その下の板敷きのステージにロッキングチェアーが置いてある。

玄関のドアが開き、中年の夫婦らしい二人組が歩み出てきた。

男のほうが両腕を広げて、ひとなつこそうな笑顔を見せていた。

「フェルジナンド、よく来てくれた」

彼は言った。

フェルジナンドは、その男に近寄り、しっかりと抱き合った。

彼は柴田のほうを振り向いて言った。

「伯父のホセだ。会うのは久しぶりなんだ。こちらは、彼の奥さんで、テレサ」

それから、彼はふたりのほうを向いて柴田を紹介した。

柴田は、ふたりと握手を交わした。この家の姓は、サンティスだった。フェルジナンドによると、ホセ・サンティスは、成功した農民だった。

このチアパス高原の山岳地帯には、ツォツィル族やツェルタル族といった先住民が集落を作っており、彼らは、昔ながらの住居に住んでいる。

たいてい彼らの家の屋根は藁葺《わらぶ》きで、そのたたずまいは、どこか日本の古い農家を思わせる。

こうした先住民たちは、東アジアの人々と顔つきも似通っている。彼らと日本人は、環太平洋というひとつの環で結ばれていると主張する民族学者は多い。

彼らも日本人も同じくムー大陸の子孫だという珍説が生まれるのも、メキシコの先住民に会うと無理もないことだと感じられる。

先住民たちは、密林《セルバ》のなかに集落を作っている。彼らの多くは、地主から土地を借りて、トウモロコシなどを作って生活している。

一月の内戦以来、彼らの多くは難民化したと言われている。

一時期は、国内難民は、三万五千人を超えたと、赤十字によって報告された。

だが、ホセ・サンティスは、そうした貧しい農民ではなかった。農民に土地を貸す立場の人間なのだとフェルジナンドは説明した。

自分自身も広いトウモロコシ畑や、果樹園を持っているということだった。

柴田は不安になった。

ホセ・サンティスのような立場の人間は、当然、政府側の立場に立つはずだった。

柴田はゲリラと接触しなければならないのだ。ホセ・サンティスは、ゲリラと接触するようなことに自分の車を使われるのは、決して喜ばないはずだと柴田は考えたのだ。

ホセは、柴田とフェルジナンドのために、冷たい飲み物を用意してくれた。

家のなかは、開け放った窓から涼しい風が吹き抜けていく。

かなり、山を登ったので、高原の気候となり、過ごしやすかった。

柴田は、居間のソファに座り、ホセと何やらさかんに話をしているフェルジナンドに、小声で言った。

「俺は目的があってここまで来た」

フェルジナンドは、相変わらずの眠たげな表情でこたえた。

「知ってるさ。俺はそのために雇われた」

「だいじょうぶなんだろうな……？」

「何が？」

「この家の人々は、俺が会おうと考えている人間とは、反対の立場のような気がする」

「そう思うかね？」

フェルジナンドは、ホセに何事かスペイン語で話しかけた。

ホセは、うなずくと立ち上がり、隣の部屋へ消えた。再び現れたときには、手に一枚の写真を持っていた。

ホセは、その写真を柴田に差し出した。

柴田は、怪訝《けげん》そうな表情で写真を受け取ったが、一目見て、目を丸くした。

その写真には、五人の男たちが写っていたが、そのうちのひとりがホセだった。さらに、ホセの隣りには、『シンゲン』が写っていた。

「『シンゲン』だ……」

柴田は思わずつぶやいていた。

ホセと『シンゲン』が親しげに同じ写真に写っている。

どういうことなのかまったくわからなかった。その理由を尋ねようとフェルジナンドのほうを見た。

フェルジナンドは、いつもの半眼だったが、少しばかり感じが違った。ひどく冷たい感じがしたのだ。

柴田は、はっと立ったままのホセを見上げた。

ホセは、拳銃を握り、銃口を柴田のほうに向けていた。

柴田は、銃とホセを交互に見やった。身動きがとれない。

頭は混乱しきって、言葉も出てこなかった。

柴田は説明を求めるためにフェルジナンドの顔を見た。フェルジナンドの表情は、さきほどより、さらに冷淡になっていた。

頼りない眠たげな表情と見えたのは、今では、何事にも動じない余裕のようなものに感じられた。フェルジナンドは、実は、最初にタクシーのなかで会ったときと何も変わっていない。

柴田の感じ方が変わったのだ。

ホセが持っているのは、コルトの自動拳銃だった。コルトM１９１１。通称ガバメントと呼ばれる45口径の強力なハンドガンだ。

「説明してくれ……」

柴田は言った。「いったい、どういうことなんだ」

フェルジナンドは、まったく表情を変えずに言った。

「説明しなければならないのは、あんたのほうだ」

「何のことだ」

「どうしてあんたが『シンゲン』に会いたがるのか、理由を言ってくれ」

「フェルジナンド、あんたは、『シンゲン』を知っているのか？」

「質問しているのは、こっちだ」

フェルジナンドの口調は冷淡だった。

ホセの持っている拳銃は微動だにしない。テレサとオフェリアは壁際までさがって、柴田のことを見つめている。

そのふたりの眼にも、敵意が見て取れた。

柴田は、フェルジナンドに眼を戻してこたえた。

「俺は、フリーのジャーナリストだ。ボスニア・ヘルツェゴビナで初めて『シンゲン』の名を知った。俺は日本のジャーナリストとして彼に興味を持った。アフガニスタンで彼がメキシコにいると知って、やってきた。俺は彼に取材をしたい。それだけだ」

フェルジナンドは、じっと半ば閉じた眼で柴田を見据えている。その眼は、いまや不気味なものに感じられた。

フェルジナンドは、柴田の言ったことをスペイン語でホセに伝えた。

ホセは、何も言わない。拳銃を向けたままだった。

「その話を証明できる者はいない」

フェルジナンドは、言った。「したがって、俺たちは、その話を信じるわけにはいかない」

「俺は、日本の雑誌の取材で来ている。その編集部に電話を掛ければ、俺が言っていることが嘘でないとわかるはずだ。担当の記者は、富坂という男だ」

「電話を掛けた先が、本当に雑誌の編集部だという保証は何もない」

「日本では有名な出版社だ。俺は電話番号を言わない。そちらで調べて掛ければいい」

「何という出版社だ？」

柴田は、出版社と雑誌の名前をこたえた。フェルジナンドは、それを繰り返して確認すると、テレサに目配せした。テレサは、メモを取ると、居間から出ていった。

別の部屋で電話を掛けているようだった。柴田は、不安になって言った。

「今、こちらは、午後の四時になろうとしているが、日本はまだ、朝の六時ころだ。会社は始まっていないから、電話には出ないはずだ……」

フェルジナンドは、何もこたえなかった。テレサが戻ってきて、ホセに何か伝えた。

「何だ？　どうなったんだ？」

柴田は、フェルジナンドに尋ねた。

「今、仲間に確認を取らせている。海外からの情報を集めるのが得意なメンバーだ。彼からの返事を待つことにする」

「それまで、俺はこうして銃を突きつけられているというわけか？」

「そういうわけでもない。この状態だと、俺たちも動けない。あんたには、しばらくおとなしくしていてもらう」

フェルジナンドがオフェリアに何か言った。オフェリアは外へ出ていった。

しばらくすると、彼女は、手にロープを持って戻ってきた。フェルジナンドがそのロープを受け取り、慣れた手つきで柴田を縛り上げ始めた。

先《ま》ず、手首と足首を縛り、その上で、腕を胴体に固定するように胸のあたりにロープをぐるぐる巻きにした。柴田は完全に身動きが取れなくなった。

その状態でソファの上に転がされた。

ホセがようやく銃をしまった。

「どうしてこんなことをしなければならないんだ？」

柴田はフェルジナンドに尋ねた。

「組織を、守るためだ」

「組織……」

ようやく柴田にもわかり始めた。「つまり、あんたたちは、『サパティスタ民族解放軍』のメンバーだというわけか？」

「そうだ。ゲリラの連絡員だ。俺は、シティで連絡活動を行っている。ホセは、中継基地の役割を担っている」

「なんてこった……。俺は、ホテルを出たとたん、ビンゴしちまったわけか……」

「まったくの偶然とはいえない。俺は、情報を収拾し、警戒するためにあのホテルのまえでタクシーを停めているんだ。あんたは、蜘蛛《くも》の糸に引っ掛かったというわけだ」

柴田は、またしても、平和ボケの日本人を痛感した。『サパティスタ民族解放軍』は、いまだに、戦争をしている気構えでいるのだ。

内戦は、治まった。だが、まだ彼らの戦いは水面下で続いているのだ。柴田はあまりに無防備すぎたのだ。

「俺は、本当に『シンゲン』に取材をしたいだけなんだ……」

柴田は、言った。だが、そう訴えることすらむなしい気がした。

「何を取材したいのだ？」

フェルジナンドは、皮肉な調子で尋ねた。

「何もかもだ《エヴリシング》」

柴田にとって、『シンゲン』の生き方は驚きだった。日本人にとっては、海外で傭兵をやっているというだけで、充分驚きに値する。

過去も現在も、傭兵になったり、フランスの外人部隊に所属している日本人がたくさんいるということだ。だが、多くの日本人は、その事実を知らない。

そして、大多数の日本人は、日本と戦争はまったく無縁だと考えているのだ。自衛隊は軍隊ではないと、日本人は信じている。

他の国が、間違いなく自衛隊を軍隊だと考えているにもかかわらずだ。

ましてや、自分自身が戦争に直接関わることを考えている一般の国民はきわめて少ない。

だが、『シンゲン』は、ただ傭兵となっただけでなく、さまざまな紛争地帯で伝説的な人物となっている。柴田は、それがどういうことなのか、まだ整理できていない。

だからこそ、『シンゲン』に会ってみなければならないと考えているのだ。

それを、フェルジナンドに説明したかった。だが、それを説明しきるだけの、語学に自信がなかった。

自信がないのは、語学だけではなかったかもしれない。たとえ日本語であっても、そうしたことをすべて的確に言葉にする自信はなかった。

柴田の命は、フェルジナンドやホセの手にゆだねられている。

これほど、死を身近に感じたことも、日本国内ではなかった。

そのまま三時間が過ぎた。

四人のメキシコ人は、食事を取ろうともしない。すでに、夜の七時を過ぎていた。

日本時間では、午前九時を少し過ぎたころだ。

柴田は、フェルジナンドが、メキシコでは昼食が正餐だと言っていたのを思い出した。夜にちゃんとした食事を取る習慣がないのかもしれないと思った。

あるいは、四人とも緊張をしていて、食事どころではないのかもしれない。

電話が鳴った。旧式のベルの音だ。日本では最近はあまり聞くことのなくなった音だった。

テレサが別の部屋に足早に消えた。オフェリアは緊張の表情だったが、フェルジナンドとホセは、無表情だ。だが、彼らも緊張しているのは確かだった。

テレサが戻ってきた。彼女は、早口でホセに何かを告げた。

フェルジナンドが、柴田を見た。彼は言った。

「富坂という男があんたをたいへん心配していたそうだ」

「電話に出たのか？」

「いや。別の場所から仲間が出版社の電話番号を調べて掛けた。その仲間が確認して知らせてくれた」

「俺の疑いはとけたわけだな？」

「ジャーナリストだということはわかった。だが、あんたの目的がまだはっきりしない」

「俺にどうしろというんだ？」

「もう少しこうしていてもらう」

今度は、ホセが部屋を出ていった。どこかに電話を掛けにいったのだ。

ホセは長いこと話し合っていた。やがて、居間に戻ってきたが、何も言おうとしなかった。

フェルジナンドも何も尋ねない。柴田の不安はつのった。同じ姿勢で横たわっているので、下になっている右腕がしびれてしまっていた。尿意も催している。

「もうロープをほどいてくれてもいいだろう？」

柴田は苛立って言った。

「おとなしくしてるんだ。でないと、手荒なことをしなくちゃならん」

フェルジナンドが言った。

柴田の右腕はすっかり感覚がなくなり、ロープの食い込んでいる手首や足首が痛んだ。尿意も強くなってくる。

拘束されていることに耐えられなくなりかけたころ、車が近づいてくる音が聞こえた。ホセが、さっと玄関の戸口に歩み寄った。

複数の足音が近づいてきた。ホセが玄関のドアを開ける。

ふたりの男が足早に居間に入ってきた。そのうちのひとりは、間違いなくアフガニスタンで見た写真に写っていた日本人だ。『シンゲン』だった。

『シンゲン』は、縛られてソファに投げ出されている柴田を見た。厳しい眼だった。写真の笑顔とはまったく違った。

彼は、その厳しい眼でホセとフェルジナンドを見た。それからまた柴田に眼を戻して、日本語で言った。

「日本のジャーナリストだって？」

「そうだ。あんたを探してここまでやってきた」

「何のために？」

「俺は、ボスニア・ヘルツェゴビナであんたの噂を聞いて、たいへんに興味を持った。ぜひとも会いたいと思った。アフガニスタンで、ラスタムというシーア派のゲリラからメキシコにいると聞いた。彼は、平和になったら、あんたと心ゆくまで話したいと言っていた」

「ラスタムか……それで、あんたは私の生き方に興味を持ったわけか？」

「そうだ」

「私の生き方が気に入ったということか？」

「それはわからない。わからないから会いにきた」

『シンゲン』の顔が奇妙に歪《ゆが》んだ。柴田は緊張した。

次の瞬間、『シンゲン』は大笑いを始めた。柴田はあっけにとられた。柴田だけではなく、ホセもフェルジナンドも唖然《あぜん》としている。

『シンゲン』は笑いながら言った。

「ならば、あんたは私の大切な客だ。どうだ、私の友人たちの歓迎の仕方は気に入ったか？」

柴田はまだ用心していた。

「できれば、ロープをほどいてほしいな。小便が洩れそうなんだ」

『シンゲン』はそれを周りの連中にスペイン語で説明したようだった。全員が大笑いを始めた。ホセがナイフでロープを切った。

6

「フェルジナンドとホセは、警戒していたんだ。いつ政府軍の連中がやってくるかわからんからな」

ソファに深々と腰掛けた『シンゲン』が言った。

フェルジナンドとホセもソファに掛けている。フェルジナンドは、相変わらず眠そうな眼をしている。

だが、すでに柴田は、その表情がなかなか曲者《くせもの》であることに気づいていた。その表情は滅多なことでは変化しないのだ。

柴田は、ロープの跡がついた手首をさすりながら言った。

「政府軍と『サパティスタ民族解放軍』の戦いなのでしょう？　日本から来た俺がこうした扱いを受けるとは思わなかった」

「政府軍が、日本のジャーナリストに化けてもぐり込むということも考えられる。ありとあらゆることに注意しなければならないのだよ」

「なら、フェルジナンドは、俺をサン・クリストバルまで案内すべきではなかった。

そうじゃないですか？」

「あんたが本当にスパイだったら、つかまえて、何を探ろうとしているのか聞き出すことができる。何しろ、ここはわれわれのエリアなのだからね」

テレサとオフェリアがミルクの入ったコーヒーを運んできた。コーヒーとともに、菓子パンがテーブルに用意された。

『シンゲン』が言った。

「メリエンダだ」

「メリエンダ？」

「夕食だ。メキシコでは、夕食は軽い間食のようなもので済ます」

『シンゲン』とともにやってきた男は、ずっと戸口の側に立っていた。彼は、肩からサブマシンガンを下げている。

ヘッケラー・アンド・コックのＭＰ５だった。

フェルジナンドとホセは、食事を始めた。『シンゲン』もパンを手に取った。柴田は、とても食べる気にならなかった。まだ、銃を向けられて拘束されたときのショックが治まらないのだ。

「それにしても、あなたの名前を出しただけで縛り上げられるなんて……」

柴田は、自分でも多少恨みがましいなと思いながら言った。

「私の名は、政府軍はおろか、『サパティスタ民族解放軍』以外のこのあたりの住民にも知られていない。フェルジナンドは、あんたが私の名を口に出したので警戒してしまったのだ」

「表の世界では、あなたを知っている人はあまりいない。でも、ゲリラたちの間では有名人だ。不思議な人だ」

「そうでもない。私のような生き方をしている人間は、世界にはたくさんいる。傭兵たちは、自ら銃を持ち、戦場で戦い、そして、地元のゲリラを訓練する。ゲリラたちは、訓練してくれた傭兵に感謝する。そうして、数々の伝説が生まれていく」

『シンゲン』は、パンをひとつ平らげ、コーヒーを飲み干すと、立ち上がった。

「さて、私は帰らねばならない。会えてよかったよ」

「待ってください」

柴田は言った。「俺はあんたと行動をともにしたいのです」

『シンゲン』は立ち止まり、振り返った。

「ほう……」

「俺はそのために、アフガニスタンへ行き、メキシコにやってきたのです」

「そいつは光栄だな……。だが、あんたは日本に帰ったほうがいい」

「そうはいきません」

「後悔することになる」

「人間というのは、どんな結論にも必ず後悔するものだと、俺は思っています」

『シンゲン』は、にやりと笑った。アフガニスタンのラスタムが持っていた写真に写っていたのと同じ笑顔だった。

見る人を安堵《あんど》させ、また、人々に勇気を与えるような笑顔だった。

「そうまで言われては断る理由はないな……」

フェルジナンドが、柴田に説明を求めた。

「いったい、何を話している?」

「俺は、『シンゲン』といっしょに行くことにした」

柴田は、ポケットから、ドルの札を取り出し、七十ドル数えて、フェルジナンドに渡した。「約束の報酬だ」

柴田は、立ち上がり、部屋の隅にあった荷物を持った。荷物は、肩から掛けられるスポーツバッグがひとつだけだった。

金を受け取ったフェルジナンドは、ぽかんと柴田を見ていた。目が初めてはっきりと見開かれている。

フェルジナンドは、スペイン語で『シンゲン』に話しかけた。何かを訴えているようだった。

言葉はわからないが、柴田には、フェルジナンドが何を言っているか想像がついた。柴田を連れていくことに抗議しているのだ。

『シンゲン』は、笑顔のままやはりスペイン語でこたえた。

フェルジナンドは、片方の肩をさっと上げただけで、それ以上は、何も言わなかった。

「何と言ったのです？」

柴田は、『シンゲン』に尋ねた。

「同胞を追い返すのは忍びないと言ったのさ。それに、あんたには、役割を与えると言ったのだ」

「役割？」

「日本で『サパティスタ民族解放軍』の主張を正確に報道してもらう」

「俺はジャーナリストだから、特定の団体のスポークスマンはやらない」

「わかっている。だが、『サパティスタ』の連中の考えを聞いたら、どうしても書きたくなるだろうな」

『シンゲン』は、そう言うと、柴田に背を向けて歩きだした。戸口にいたサブマシンガンを持った男がそれに続いた。

柴田は、フェルジナンドに言った。

「世話になったな」

それから、彼は、オフェリアを見た。オフェリアは、子供が叱られたときのような表情をしていた。

その悲しげな困惑の表情がまた美しかった。柴田は、彼女ともっと親しくなりたかった。だが、今、ここを出ていかなければならない。

「アディオス」

柴田は、オフェリアにそう言うとホセの家を出た。

『シンゲン』を乗せてきたのは、やはり、トラックだった。運転手は、サブマシンガンの男だ。

彼は、終始無言で、なおかつ無表情だった。明らかに、彼は先住民だった。

車は、さらに山を登り、密林《セルバ》に分け入った。舗装もされていない細い道だ。車が一台通るのがやっとだった。

やがて、その道も途絶えた。運転手は、車を停め、エンジンを切った。

「ここから歩くんだ」

『シンゲン』が柴田に言った。

三人は車を降りた。

密林《セルバ》の間の細い山道を登ると、藁葺き屋根の家が五軒集まった集落が見えてきた。

「ようこそ、われわれのキャンプへ」

『シンゲン』は、言った。

「これは、民家でしょう？」

「そう。内乱によって、政府軍が密林《セルバ》に砲撃を加えた。住民は逃げだした。残ったのは『サパティスタ』だけだった」

『シンゲン』が戻ったことに気づき、ゲリラたちが家のなかから現れた。

手に懐中電灯を持っていた。その集落は、明かりがまったくなく、たいへん暗かった。懐中電灯の光がなければ、どこに誰がいるかもわからない。

すべての会話は、スペイン語でなされている。柴田は、またしても語学力のなさを悔やんだ。

誰かが、柴田のことを『シンゲン』に尋ねたようだった。

『シンゲン』は、柴田の肩を叩《たた》き、皆に紹介をした。『シンゲン』が受け入れた人間は、彼らも受け入れるようだった。

柴田は、藁葺き屋根の家に入ることを許された。

家の中は、暗かった。ロウソクや、ランプが明かりとして使われている。電気は、もともと通じていないようだった。

電気もない村に人間が住んで生活をしているというのが、柴田には驚きだった。

実際、世界を見渡せば、電気なしで暮らしている人々はたくさんいる。彼らは、それで不自由はしていないない。

柴田は、ジャーナリストとして、まだまだそうした認識が足りないのだ。

家の床は、土間だった。土間にテーブルがあり、そのテーブルに向かって三人の男が座っていた。

『シンゲン』は、彼らにも柴田を紹介した。そのあと、彼は、奥にある部屋に向かった。柴田はそのあとに付いていった。

その部屋はベッドルームだった。シングルのベッドがふたつ並んでいる。『シンゲン』はロウソクに火を点けると、そのひとつに腰を降ろした。ベッドの上に投げ出されていたファイルを開いてロウソクの明かりで読みはじめた。

柴田のことは、忘れ去ったような風情《ふぜい》だった。柴田は、ベッドルームの出入口に立ち尽くしたままだった。

「俺はどうすればいいのですか？」

『シンゲン』は、顔を上げた。

「楽にしてくれ。彼らは、私にこの部屋を用意してくれた。他のものは適当に雑魚寝《ざこね》をしている。部屋の数は限られているんだ。あんたもこの部屋を使うといい。私は気にしない」

「そうさせてもらいます」

『シンゲン』は、書類に眼を戻した。柴田は、かまわず話しかけた。

「いつからここに……？」

『シンゲン』は、書類を見たままこたえた。「さあ、いつだっけな……」

「正月の武装蜂起の前なのでしょうね？」

「当然だ。私の役割を知っているだろう」

「ゲリラや兵士の訓練……」

「そのとおりだ」

「では、あなたは、今回の武装蜂起に一役買っていたことになりますね」

「もちろんだ」

「戦いによって、三万人以上の人々が難民となりました。そのことについて、責任を感じたりはしませんか?」

「感じない」

『シンゲン』はあっさりと言ってのけた。

「あなたは、戦いを仕掛けた側に加担しているのですよ」

『シンゲン』は、書類から眼を上げて、柴田の顔を見た。

「俺がいなくても、戦いは起きたよ」

「それはそうですが……」

『シンゲン』は、ファイルを閉じて、脇に置いた。

「私は、人を殺す訓練をしているとは思わない。あくまでも、人に殺されないための訓練をしているのだ」

「戦争の訓練です」

「生き延びるために訓練は必要なのだ」

「なぜ、日本人のあなたが……?」

「要求があったからだ。私は、主義主張に関係なく、要求があったら訓練を行うし、必要があれば銃を持って戦う。日本人かどうかは関係ない」

その声音《こわね》は、あくまでも静かで穏やかだった。何の気負いも感じられない。

柴田は、その穏やかさが不思議だった。

「俺は、ひどく不思議なのです。日本は平和な国で、多くの国では、その平和を渇望《かつぼう》しています。なぜ、日本を出て、自ら戦争を求めるような日本人がいるのか……。俺は、ボスニア・ヘルツェゴビナで、セルビア軍に入って戦っている日本人に会いました。あなたのことを聞いたのは、そのセルビアの日本人兵からなのです。そのときから、ひどく不思議に思っているのです」

「あんたは、なぜ、ボスニア・ヘルツェゴビナに行ったんだね？」

「取材をするためです」

「それと同じことだと、私は思う」

「同じ……？」

「戦場に出ていく日本人の意識さ」

「同じとは思えませんよ」

「そうかね？　お互い、戦火が飯の種になるんだ」

「理解できないな……」

「なぜだ。君は、平和な日本で何か別の題材を探して記事にすることもできたはずだ。だが、君は、ボスニア・ヘルツェゴビナへ行った」

「いち早く、名前を売りたかったんですよ。実際、紛争地帯へ出掛けたおかげで、すぐに仕事にありつけました」

「私も同じだよ。紛争地帯に来れば仕事がある」

柴田は、釈然としなかった。

議論が噛《か》み合っていないような気がしたのだ。『シンゲン』のこたえは、柴田が知りたいことと微妙にずれている。

柴田は質問の仕方がまずいのかと思った。

「アフガニスタンのシーア派ゲリラが、あなたに習ったという格闘術を披露してくれました」

「そうか。彼らは熱心だった。空手を始めとする格闘術に強い興味を持っていた」

「あの格闘術はいったい何なのです？　空手でも柔道でもないように見えましたが」

「大東流合気柔術だよ」

「ダイトウリュウ……。何ですか、それは……」

「日本人がどうのこうのと言うが、今の日本人は、実に自分の国の文化を知らない。大東流は、平安末期から伝わる古武道だ」

「古武道が実際の戦いの役に立つなんて驚きだな……。古い柔術というのは、嘉納治《かのうじ》五郎《ごろう》によって柔道に作り変えられたのでしょう？　古い柔術の修行者が次々と道場破りにやってきて、ことごとく敗れ去ったと言われているじゃありませんか」

「あんたも日本の文化の奥深さとは無縁の人間だな。その嘉納治五郎は、晩年、自分が作った講道館柔道に失望していた。大東流合気柔術から合気道を作った植芝盛平《うえしばもりへい》の演武を見た嘉納治五郎は、淋しげに『これこそが、私の理想としていた柔道だ』とつぶやいたそうだ」

「本当ですか……」

「嘉納治五郎は、柔術を統合して柔道を作ったわけではない。天神真楊流《てんじんしんようりゅう》という柔術をもとに新興流派を作ったに過ぎない。確かに試合では、無敵だったかもしれない。だが、実戦と試合は所詮《しょせん》勝負の理合いが違う」

柴田は、アフガニスタンのゲリラたちが見せた見事なタイミングを思い出した。それは、確かに、つかみ合って投げられないように腰を引いた不自然な姿勢をとる最近の柔道とはまったく違ったものだった。

「その大東流合気柔術を、あなたはどこで習ったのですか？」

「うちのじいさんが大東流の指導者だった。もともと大東流合気柔術は、甲斐《かい》の武田家に伝わった武術でな……。武田信玄亡き後は、会津藩に伝えられた」

「武田信玄……。あなたが『シンゲン』と名乗っているのは、もしかするとそれが関係しているのですか？」

『シンゲン』は楽しそうに笑った。

「私の本名は、武田信明《たけだのぶあき》というんだ。出身は山梨県だ。甲斐の武田家の血を継いでいるかもしれないが、信玄の直系ではないだろう。だが、私は、自分のコードネームに信玄の名を頂いたというわけだ。幼いころ、武田信玄に憧れていたからな」

「それで、あなたは、その大東流合気柔術を戦場でゲリラや兵士に指導しているわけですか？」

「大東流合気柔術そのままではない。だが、大東流合気柔術は、相手が太刀《たち》や短刀を持って攻撃してくることを想定しているので、その理合いは戦場で役に立つ。その理合いを生かした格闘術を私は作り上げたのさ。もちろん、私は、格闘術だけではなく、銃の撃ち方、爆弾の仕掛け方、解体のしかた、罠の仕掛け方、行軍のしかた、その他あらゆる戦闘の技術を教える」

「アフガニスタンのゲリラは、あなたが、信じることを教えてくれて、心を強くしてくれたと言っていました」

「そう。生き残るためには、自分と自分の未来を信じることが大切だ」

「紛争地帯にやってきたそもそものきっかけというのは何だったのです？」

「私は、青年海外協力隊として、アフリカのタンザニアに行った。もうずいぶん昔のことだ。私はもっと若かった。私は大学で農業技術を学んでいたのでね……。それをアフリカで生かそうと考えたのだ。タンザニアは平和で美しい国だった。だが、アフリカでは、紛争が絶えなかった。コンゴ、ザイール、モザンビーク、ソマリア……。最近ではタンザニアの隣りのルワンダとブルンジが内戦状態になっている。難民の姿をたくさん見た。それ以上に、戦場で死んでいく若者の姿を見た衝撃は大きかった」

『シンゲン』の語り口は、静かだった。柴田は何も言わずに話を聞くことにした。

「自分と同じくらいの若者がすぐ近くの国で戦い、そして死んでいる。私は、次第にその事実に耐えられなくなった。自分のやるべきことは、他にあるような気がしてたまらなくなった。私は、衝動を抑えきれず、フランスに渡って外人部隊に入隊した。フランス外人部隊は、かつては紛争地帯にいち早く駆けつけるのをモットーとしていた。私は、外人部隊の第四連隊で兵士としての基礎訓練を受けた。第四連隊というのは、新兵の基礎訓練と伍長の養成を任務としているのだ。その後、私は、大東流合気柔術を生かして格闘術のインストラクターという立場で、末期のベトナム戦争の前線へも行った。実戦を繰り返し、私は傭兵としてアフリカに戻った。それが、今の人生の始まりだったな……」

柴田はテープレコーダーを回さなかったことを後悔した。何とか、『シンゲン』の言ったことを正確に記憶にとどめようと集中していた。

「戦争で若い兵士が死んでいくのが耐えられなかった……。だから、自分も銃を取るというのは、どこか矛盾しているような気がします」

「そう。矛盾している。だが、どうしようもなかった。私は、戦う若者に死んでほしくない。だから、生き延びるためにはどうすべきかを徹底的に教え込む」

柴田は、しばらく考えていたが、やがて言った。

「その矛盾は、俺にもわかるような気がします」

『シンゲン』はうなずいた。それきり、『シンゲン』は、自分のことを語ろうとしなかった。

彼は、寝室を出ていくと、隣りの部屋の男たちと何やら真剣に話し始めた。

柴田は、ベッドに腰を降ろし、今『シンゲン』が語ったことをもう一度考えてみた。

7

夜明けとともに叩き起こされた。

柴田は、何事かと飛び起きた。『シンゲン』がベッドの脇に立っていた。

「起きる時間だ」

『シンゲン』が言った。

「何時なんです？」

「いいから、さっさと起きろ」

柴田は、ベッドから降りた。

「これに着替えるんだ」

『シンゲン』は、野戦服をベッドに放った。柴田は、訳がわからなかったが、とにかく言われるとおりにした。

「着替えたら外に出るんだ」

『シンゲン』は出ていった。時計を見るとまだ六時前だった。

家の外には、『シンゲン』のほかに、三人の男が立っていた。三人ともたいへん若かった。まだ、十代かもしれない。

彼らは緊張した表情だった。『シンゲン』の前で気をつけをしている。

「こっちへ来て並ぶんだ」

『シンゲン』が柴田に言った。柴田は列の脇に立った。『シンゲン』がいきなり柴田の頰を殴った。

柴田はすっかり驚いてしまった。

『シンゲン』は言った。

「並べといわれたら、列を乱すな。隣りとの間隔をそろえるんだ。立つときは休めといわれるまで気をつけだ。わかったか?」

「はい」

「よし、休め」

シンゲンは英語で号令をかけた。

三人の若者は、さっと足を肩幅に開き、手を後ろで組んだ。柴田はあわててその真似をした。

柴田はこうした規律を学んだことは一度もなかった。昭和三十年代ころまでは、小学校の体育でこうした規律を教えたものだが、今では、そういう風潮が嫌われるようになっている。

　体育の教師というのは、大学の体育会出身の者が多く、その習慣を授業に持ち込むことが多かったのだが、最近では、体育会に所属する若者自体が減っている。

　軍隊形式の規律は、現代の一般社会では、忌み嫌われ、警察などの特殊な社会に残されているに過ぎない。そうしたものに、一度も触れることなく成長する若者が大多数なのだ。

『シンゲン』は、言った。

「よし、付いてこい」

『シンゲン』は、先頭に立って走りはじめた。三人の若者はそれに付いて駆け出した。柴田も、慌ててその後に続いた。

『シンゲン』は振り返り、怒鳴った。

「列を乱すな！」

『シンゲン』は、密林《セルバ》の間を走った。辛うじて道ができている。でこぼこの道で、足を取られやすい。

　山を登る坂道で、柴田はたちまち息を切らした。まだ、体が高地の気候に慣れていない。空気が薄いため、呼吸が苦しく、頭痛がしはじめる。

やがて、柴田はひとりだけ遅れてしまった。肺が痛んだ。

彼は、日本にいるときから、運動らしい運動をしたことがない。思えば、自堕落な生活を送っていたのだ。

『シンゲン』は、柴田よりはるかに年上だ。おそらく四十代だ。だが、息も乱さず、走りつづけている。

三人の若者もまったく平気そうだ。柴田はついに音《ね》を上げた。彼は、走るのをやめてしまった。

『シンゲン』がそれに気づいた。彼は、ランニングを中断し、柴田に近づいた。

「誰が走るのをやめていいと言った?」

「俺はこういうことには慣れていないんだ」

『シンゲン』は、いきなり、柴田の襟《えり》をつかんで、引き寄せた。

「殴るのはやめてくれ」

柴田は言った。「俺は兵隊じゃないんだ」

「兵隊かどうかなど関係ない。あんたは、俺と行動を共にすると言ったんだ。いっしょに行動できるようになってもらう。さあ、走るんだ」

「無理だ。空気の薄さにも慣れていない」

「肺をいじめろ、肺がパンクするほどあえぐんだ。いいか、自分の体を甘やかすな。心臓がオーバーヒートするまで休むな」

『シンゲン』は、柴田を突き放した。

「行くぞ」

『シンゲン』は、また先頭に立って走りはじめた。

三人の若者は、その間、無駄口も叩かず、じっと休めの姿勢で待っていた。彼らは、先住民で、きわめて無表情だった。メキシコ人は陽気だとよくいわれるが、観光客が普段見るのとはまったく違うメキシコ人がここにいる。

柴田は、走りだした。

苦しかったが、それより、『シンゲン』に対して腹を立てていた。その悔しさでなんとか付いていった。

『シンゲン』が言うとおり、肺がパンクし心臓がオーバーヒートするまで走ってやろうと決心した。

やがて、コースは、下り坂になりランニングは楽になった。最初に音を上げたときの苦しさはその後は、なかった。

確かに苦しいが、苦しさの峠を越えた感じだった。もとの場所に戻ってきたときには、柴田は、その場に座り込んでしまった。

『シンゲン』は、一度建物のなかに消えると、自動小銃を三挺抱《ちょうかか》えて戻ってきた。

「整列！」

彼は言った。三人の若者は、駆け足で列を作った。横一列に並んでいる。柴田もそれに習った。もう殴られるのは御免だった。

自動小銃は、三挺とも別のタイプだった。一挺は、米国製のアーマライト小銃だ。ベトナム戦争で活躍したＭ16Ａ1の後継機で、最新型のＭ16Ａ2だった。旧ソ連製のカラシニコフもあった。やはり、ベトナム戦争で活躍したＡＫ47の後継機であるＡＫ74だった。

残りの一挺は、カラシニコフによく似ていた。『シンゲン』は説明した。

「それぞれ、一挺ずつ持って、分解組み立てを行う。その後、交換して全ての銃に慣れてもらう。これはアメリカ製のアーマライト、これは、ロシア製のカラシニコフ、そして、これは、今、旧ユーゴスラビアで盛んに使われているツァスタバだ」

柴田はその銃に見覚えがあった。彼は、ガンマニアというほどではないが、銃が好きだった。だから、代表的な銃は知っていた。

紛争地帯に出掛けるということで、その知識に磨きをかけてもいた。

『シンゲン』がツァスタバと呼んだのは、セルビア人が持っていた銃だ。セルビア兵に囲まれたとき、柴田は、彼らが持っている銃は、ロシアのAKやAKSだと思ったのだが、実は、ツァスタバだったのだ。

柴田は銃を渡されなかった。怪訝そうな表情で『シンゲン』を見ると、『シンゲン』は、家の壁に立てかけてあったスコップを取ってきて柴田に手渡した。

「あんたは、あそこに、ゴミを捨てるための穴を掘ってくれ」

「穴……？」

「できるだけ、深く大きな穴を掘るんだ」

そう言うと、『シンゲン』は、三人を連れて、再び密林《セルバ》のなかに入っていった。

柴田は、言われたとおりに穴を掘りはじめた。穴を掘る作業というのは体力を使う。たちまち、柴田は、汗まみれになり、息を切らしはじめた。

持久力を要するだけではなく、全身の筋肉も疲労する。腕の筋肉だけでなく、大腿《だいたい》部《ぶ》やふくらはぎの筋肉、腹筋、背筋のすべてが疲れ、柴田は、しばしば手を止めて休まねばならなかった。

やがて、林のなかから、銃声が聞こえてきた。分解組み立てを終えた若者たちが射撃練習を始めたのだ。

柴田は屈辱を感じた。

『シンゲン』の言い分はわからないではない。『シンゲン』と行動を共にするということは、紛争地帯で生活するということだ。

平和な日本の日常生活とは、まったく違う。だから、訓練を受けることには、異存はなかった。

だが、いきなり、頬を殴られ、走らされ、穴を掘らされるのは理不尽な気がした。

銃の扱いを学んだほうがよっぽど役に立ちそうな気がした。

『シンゲン』と三人の若者は一時間ほどで戻ってきた。

『シンゲン』は、柴田を見ると、髭をごしごしと撫《な》でて言った。

「なんだ、それっぽっちしか掘れていないのか……」

柴田は何も言わない。柴田の掘った穴は、直径が一メートルほどで、深さは、五、六十センチほどに過ぎない。

「まあ、いい。今度はその穴を埋めるんだ」

「穴を埋める？」

「そうだ」

「ゴミを捨てるための穴じゃなかったんですか？」

「ゴミを捨てる役にも立たん。言われたとおりに埋めるんだ」

柴田は、掘り出した土を穴に放り込み始めた。

『シンゲン』が、三人の若者に解散を告げた。

柴田は、ますます腹を立てていた。ぶつぶつと悪態をつきながらひたすら穴を埋めた。ジャーナリストが何で早朝からランニングを強いられ、穴を掘ったり埋めたりしなければならないのか……。彼はそんなことをつぶやいていた。

車のエンジン音が聞こえた。車は、木々の向こうで停まった。

柴田は、昨夜のことを思い出していた。ここへ来るには途中で車を降りて、山道を歩かなければならないのだ。

誰かがやってきたのだ。

柴田は、家のほうを振り向いた。警戒している様子はない。誰かが近づいているならば、当然警戒しなければならないはずだ。

柴田は、スコップを放り出して家のドアを開けた。

テーブルにいた男たちがさっと柴田を見た。そのなかに『シンゲン』がいた。

柴田は『シンゲン』に向かって言った。

「誰かがやってくる」

『シンゲン』は、平然と言った。

「穴はどうした」

「もう終わったよ」

「ならば、汗でも拭《ふ》くといい。もうじき、朝食だ」

「車のエンジン音が……」

柴田はそこまで言って、テーブルの上のトランシーバーに気づいた。

柴田は理解した。アジトの周囲に見張りが立っていないはずはないのだ。『シンゲン』たちは、すでに誰が近づいているのか知っているのだ。

柴田は、気恥ずかしさを感じて言った。

「スコップを片づけなきゃ……。どこに置けばいい？」

「あんたが持っているんだ。午後も穴掘りをやってもらう。今度は、ましな穴を掘るんだ」

柴田は打ちのめされたように、埋めた穴のところに戻った。

そのとき、林を抜けて、やってくる人物が見えた。

オフェリアだった。

「ブェノス・ディアス」

オフェリアが、昨夜のことなどなかったように、いきいきとした笑顔で柴田に声を掛けた。

「やあ……」

柴田は、片手を上げた。そのときに、腕と肩がいうことをきかなくなっているのに初めて気がついた。

手も膝も震えていた。筋肉疲労のせいだった。

オフェリアは、朝食の用意にやってきたのだった。彼女の家をあとにするとき、もう会えないのかと思っていた柴田は、彼女に会えたことをうれしく思っていた。

彼女のようなタイプの美人には、日本ではなかなかお目にかかれない。

男たちの食事を用意するような若い女性もこのごろでは、少なくなってしまった。

オフェリアは、何の疑いもなく男たちの世話をしている。

女性運動の論者から言わせると、とんでもないことで、男は、自分の身の回りくらい自分で面倒を見るべきだということになるだろう。

女性運動家の理想世界は、男にとっては住みにくい。逆に、男にとっての理想の世界は女性には地獄かもしれない。

柴田は、ついそんなことを考えてしまう。日本の女性はそれだけ権利を主張するようになったのだ。日本の男性は女性の言い分を常に気にして生きている。

だが、今ここにいる男たちはそうではなかった。オフェリアが朝食の世話をすることを当然と考えているようだ。

そのかわり、何かあったら、命を懸けて守ってやるという自信を感じさせる。

柴田は、オレンジジュースだけを飲んだ。吐き気がして物を食べる気がしない。激しい運動をしたためだった。

三人の若者も同じ食卓に着いたが、彼らは平気だった。卵料理や、トウモロコシの粉を焼いたホットケーキのようなものを食べている。

『シンゲン』が柴田に言った。

「食べないと、午後もたないぞ」

「食ってもどうせ、出てきちゃいますよ」

「それでも食べるんだ。歯を食いしばってでも食べておけ」

柴田はしかたなく、スクランブル・エッグを口に運んで何とか飲み下した。

「それでいい」

『シンゲン』は言った。「そのほうが、オフェリアも喜ぶ」

柴田は思わずオフェリアを見ていた。オフェリアは柴田が食べないのを気にしていた。

自分が作った料理を食べない人がいるのは気になるものだ。柴田は、オフェリアのためにも、全部平らげようと決めた。

「同じ所に穴を掘るんだ」

午後になると、『シンゲン』は、柴田に命じた。「穴の壁面は、なるべく平らにする。底も平らにするんだ。底が平らになったら、段差を付けるんだ。ちょうど、穴の底に階段が一段あるような形にしろ」

「ゴミを捨てるために、そんな段差が必要なのですか？」

「いいから言われたとおりにするんだ。あんたは質問が多すぎる」

「質問するのが仕事ですからね……」

「私が許可したときだけ質問するんだ。それ以外のときは、何か言われたら、こう言うだけでいい。イエッサー」

「イエッサー」

「よろしい。さあ、行け」

『シンゲン』は、朝の三人を含めた男たちを連れて、また林のなかに消えていった。男たちのなかの二人が、重そうな鉄板の箱を携《たずさ》えている。

おそらく、数々の武器が入っているのだろうと、柴田は思った。『シンゲン』は、ゲリラたちの訓練を始めるのだ。

男たちが出ていくと、片付けを終えたオフェリアが家から出てきた。彼女は自分の家に戻るのだ。

オフェリアは、柴田に手を振って林のなかに消えた。しばらくして車のエンジン音が聞こえ、そのエンジンの音が遠ざかっていった。

昼食時には、また会えるのだろうかと柴田は思った。それだけが、楽しみだった。

なかなか『シンゲン』の言うとおりの穴はできあがらなかった。穴は、歪《いびつ》な台形だった。

すでに、柴田の全身の筋肉が悲鳴を上げている。スコップがひどく重く感じられる。穴のなかに入って、外に土を放り出すのがひどくつらかった。

太陽が高く昇っていた。

柴田は、汗をだくだくと流し、息を切らしていた。体がまだ動くのが不思議だった。

また、朝と同じく自動車の音が聞こえてきた。

オフェリアとともに、ホセとテレサも現れた。ホセは、穴から首だけを出している柴田を見て、親しみのこもった笑顔を見せた。

彼はスペイン語で、柴田に何か言った。「頑張れ」とか、その類《たぐい》の言葉に違いなかった。

「くそっ……」

柴田は、つぶやいていた。

林のなかで訓練をしていた男たちが戻ってきて、昼食の時間となった。

『シンゲン』は、柴田の掘った穴を見て言った。

「ひどいものだ……」

柴田は命じられたとおり何も言わなかった。『シンゲン』は、柴田を見た。

「だが、充分に役に立つ。なかに入ってみろ」

柴田は、穴のなかに入った。

「高くなっているほうに立って、壁に胸を付けるように寄り掛かれ」

言われたとおりにした。

「それが、塹壕《ざんごう》での姿勢だ。その状態で小銃を構える。段差をつくったのは、排水のためだ。雨が降ったとき、塹壕のなかに水がたまる。その水に細菌が繁殖して伝染病のもとになる」

柴田は、『シンゲン』を見上げた。

「上がれ。飯にしよう」

「イエッサー」

『シンゲン』は、家のなかに消えた。柴田は、自分が作った塹壕をしばし見つめていた。

8

集落の五軒あるうち、ゲリラたちが使っているのは、二軒だけだった。

昼食は、その二軒の家の両方に用意された。メニューはいっしょだが、テーブルが違う。『シンゲン』が使っているほうの家のテーブルには、『シンゲン』とこの集落にいる小グループのリーダーたち、そしてホセが着いていた。

いわば、将校のテーブルだった。柴田は、今朝の扱いから、当然兵卒の家のテーブルに着かされるものと思っていた。だが、『シンゲン』は、将校のテーブルに着くように命じた。

オフェリアがかいがいしく、食事の用意をしている。

「どんな印象だ?」

『シンゲン』が柴田に尋ねた。

「何の印象ですか?」

「『サパティスタ民族解放軍』や、この国のありさま……。私のこと、その他いろいろだ」

「どこの紛争地帯に行っても思うのですが、意外と平穏なのですね。ここでも、まったく戦闘になる気配はない」

「そういうものだ。四六時中戦いつづける戦争などない。それに、『サパティスタ民族解放軍』の目的は戦うことではない。先住民族の権利を認めさせることが目的なのだ。だが、その目的のためには、実力を示さねばならない」

「質問してもいいですか？」

「いいよ」

「その戦いで、先住民たちが難民と化しています。現にこの家に住んでいた人たちも逃げだして難民となったわけでしょう？　そのことについて『サパティスタ民族解放軍』はどう考えているのですか？」

「一時的なものだと考えている。将来、今難民となっている人々も、かつてよりずっといい生活ができるようになる。そういう世の中にすることが『サパティスタ』の役割だ」

「逃げだした先住民は、『サパティスタ民族解放軍』の主張に反対しているわけでしょう？」

「反対しているわけではない。彼らは臆病なのだ。それはしかたのないことだ。誰も彼らを責めることはできない。行動すること、戦うこと、変えることを恐れる人々は常にどんな場所にもいる。むしろ、現状を変えようとする人間のほうが少ない。多くの先住民が、こう考えてきた。『私たちは、知事さまのお命じになることに従う』……。彼らは与党のＰＲＩの支持者だ。だが、今の生活に満足しているわけではない。ただ、恐れているだけだ」

「恐れている？」

「そう。与党ＰＲＩの権威と変革そのものを……。『サパティスタ民族解放軍』は、そういう人々に勇気を与えなければならない」

「あなたは、主義主張には関係なく、要請があれば兵を訓練すると言いました。でも、これまでの発言を聞いていると、あなたはまるで『サパティスタ民族解放軍』のメンバーのようだ」

「そうかもしれないな。私は主義主張は気にしないが、男たちがどういう理想をもっているのかという点については、こだわるのだ」

『シンゲン』は、急に、例のひとなつこい笑顔を見せた。「戦うための言い訳が必要なのかもしれない」

「誰に対する言い訳ですか？」

「もちろん、自分に対する、だ。まあ、今言ったことはほとんどが、ホセの受け売りだがね……」

「ホセは、見たところ先住民には見えません。白人のように見えます。なのに、『サパティスタ民族解放軍』なのですか？」

「彼のなかにはツォツィル族の血が流れている。もちろん、スペイン系の血も流れている。自分のアイデンティティをどこに見つけるかは本人の自由だ」

「彼は経済的にも成功している。与党のＰＲＩの支持者となるのが普通のような気がするのですが……」

「ホセは、この土地で生まれた。白人の血が混じっているというだけで、先住民より恵まれた条件で仕事をすることができた。彼は先住民たちの生活をずっと見てきた。そして、何かしなければならないような気がしたのだ。搾取《さくしゅ》する側に甘んじているのは耐えられなかった」

「ちょうど、あなたが、アフリカで、死んでいく若者を黙って見ているのに耐えられなかったように……？」

『シンゲン』は、ちょっと意外そうな顔をした。それから、笑みを洩らした。

「そうかもしれないな……」

「だとしたら、あなたが、『サパティスタ民族解放軍』に肩入れする気持ちもわかりますね……」

そこまで言って、柴田はふと思い出した。「そういえば、『サパティスタ民族解放軍』には、『マルコス副司令官』と名乗るひとりの白人がいると報道されています。『マルコス副司令官』というのは、ホセのことじゃないでしょうね」

「どうかな……」

『シンゲン』は、言った。「そういう情報は提供しかねるな……」

『シンゲン』は、ナプキンで口を拭《ぬぐ》うと立ち上がった。メキシコでは、二時間以上かけて昼食を取る習慣があるが、ここではそうもいかないようだ。

『シンゲン』が立ち上がったのが、昼食の終わりの合図だった。


昼食を終えると、『サパティスタ民族解放軍』の連中は、それぞれの任務に就《つ》いた。

彼らにとっての訓練の時間は、昼食前に限られているようだった。早朝にいっしょに走った三人の若者も何かの任務を与えられているようだった。

『シンゲン』は、柴田に言った。

「さあ、さっき掘った穴にこの残飯を捨てて埋めるんだ」

もう柴田は逆らう気もなかった。言われたとおりに、バケツに入った残飯を穴に放り入れ、スコップで穴を埋め始めた。

その様子を、ホセがまた楽しそうに眺めている。オフェリアも立ち止まって柴田の姿を見ていた。

「くそっ。なんでこんな姿を彼女に見られなければならないんだ……」

彼は、呟《つぶや》いていた。

日が暮れると、ようやく柴田は解放された。日が暮れて眠るまでは自由時間だ。だが、彼は、何もする気が起きなかった。全身の筋肉はもういうことをきかなくなっている。まったく力を入れることができない。

体力の限界まできていた。彼は、日が暮れるとすぐにベッドに倒れ込んで、そのまま眠りに落ちた。

筋肉が疲れているせいで寝苦しかった。柴田は眠っているあいだに何度も寝返りを打っていた。

突然、大きな音がして、柴田は目を覚ました。まだ、真っ暗だった。

『シンゲン』の声がした。

「起きろ！　すぐに着替えるんだ！」

柴田は、寝ぼけていた。何を言われているか咄嗟《とっさ》に理解できなかった。

もう一度『シンゲン』の声が聞こえた。

「服を着て、外に出るんだ」

柴田は朦朧《もうろう》としていたが、そういうときほど命令には素直に従うものだ。彼は、手さぐりで野戦服を着た。

外に出ると、すでに、三人の若者が並んでいた。

柴田は、朝を思い出して列に加わった。

『シンゲン』は、その例の前に立つと言った。

「敵はいつ来るかわからない。どんなときでもすぐに戦闘の準備ができなければならない」

柴田はようやくはっきりと目覚めた。訓練のために夜中にたたき起こされたのだとわかった。

『シンゲン』は、三人の若者の服装を順に点検していった。暗闇だが、『シンゲン』には、ちゃんと見えているようだった。

最後に柴田がチェックされた。ボタンの掛け忘れが二カ所あった。

「マイナス二ポイントだ」

『シンゲン』が言った。「歯を食いしばれ」

「え……」

『シンゲン』は、柴田の頬を続けざまに二発張った。

柴田は、思わず、よろけた。

「解散《ディスミス》」

『シンゲン』が言った。三人の若者は、柴田が寝ているのとは別のほうの家に駆けていった。

柴田は、呆然《ぼうぜん》と立ち尽くしている。

「解散と言っただろう」

『シンゲン』は柴田に言った。「明日の朝も早い。さっさと寝ろ」

柴田は、逆らうことに何のメリットもないことを知っていた。彼は、藁葺き屋根の家のほうに歩きはじめた。

「駆け足だ」

『シンゲン』の声が聞こえた。柴田は駆け足で戻り、ベッドに入った。

眠ろうとしたが、腹が立って眠れなかった。何度か寝返りを打ち、うとうとすると、もう朝が来ていた。

前日と同じスケジュールだった。早朝に林のなかをランニングし、あとはひたすら穴掘りだった。掘っては埋め、埋めては掘る。

それが終日続く。夜になると、柴田は泥のように眠った。夜中の点呼は二日目からはなかった。気合をいれるためのセレモニーだったのかもしれない。

三日目になると、全身の筋肉痛で歩くのもままならないような状態となった。筋肉疲労が極限まできているのだ。

四日目の朝、筋肉痛のためには、ランニングが効果があることがようやくわかりはじめた。走ると、全身がほぐれて筋肉の張りがやわらぐのだ。

走りおわると、『シンゲン』は、柴田に言った。

「付いてこられるようになったじゃないか」

確かに初日のような苦しさはなかった。第一には、心理的なものが大きい。どのくらい走らなければならないかわからないときは、不安になり、その不安が運動能力を下げ、体力を奪う。コースがわかっているだけで、ずいぶんと楽になるものだ。

初日に、肺を徹底的にいじめたのもよかった。一種のショック療法で、結果的に体が早く高地の空気に順応することになったのだ。

四日目になると、筋肉痛も峠を越えたようだった。張りはあるが、痛みが少なくなったような気がする。

体が運動に慣れたのだ。

その日、初めて、『シンゲン』は、柴田に銃を手渡した。まずはリボルバーだった。スミス&ウェッソンの38口径だった。

「リボルバーは、自動拳銃に比べて事故が少ない。まず、リボルバーで銃に慣れるんだ」

『シンゲン』はそう言うと、林のなかの射撃場に柴田を同行させた。三人の若者は、三種類の自動小銃を交代で撃っている。

柴田は、『シンゲン』から、装弾の仕方、銃の握り方、排莢《はいきょう》の仕方などを教わった。

射撃場は、もともとは、林を切り開いた小さな農地だったが、その周囲に土を詰めた麻袋を積み上げて作ってあった。ターゲットが五つ立ててある。

柴田は、リボルバーを教わったとおりに撃った。初めて撃ったわけではなかった。彼は、銃が好きだったので、グアムで射撃を楽しんだことがある。

しかし、観光で射撃を楽しむのと訓練は別だった。

「片目を閉じるんじゃない」

『シンゲン』が言った。「利き目でターゲットを見る。ターゲットのなかに、照星《フロント・サイト》を入れて撃つんだ」

「イエッサー」

両目を開けると、銃が二つに見える。だが、利き目がどちらであるかを意識することで、どちらで狙えばいいかがすぐにわかった。

利き目と逆の側に見えているほうで狙えばいいのだ。

照準は照門《バック・サイト》と照星からなっているが、実際には、照門はあまり使用しないことに気づいた。

ターゲットのなかに、照星がしっかり入っていれば弾は命中するのだ。実戦の場では、いちいち照星と照門を重ね合わせている余裕はない。

昼食のあとも、穴掘りではなく拳銃の訓練を受けた。昼食後は、自動拳銃を手渡された。

ホセがやってきて、銃を手にした柴田に何か言った。

『シンゲン』が笑いながら通訳してくれた。「穴掘りは卒業か、と言っている」

「卒業？」

「穴を掘っては埋めるというのは、陸軍の新兵の代表的な訓練のひとつだ。筋力と持久力を同時に養うことができる」

「塹壕の作り方を覚えるためじゃなかったのですか？」

「もちろん、塹壕の掘り方を覚える役にも立つ。だが、本当の目的は基本的な体力作りだ。ここにいるメンバーは、最初に全員同じことをやらされたんだ」

ホセが楽しそうに柴田の穴掘りを眺めていた理由がわかった。ホセは柴田が苦しむ姿を面白がっていたわけではなかった。

同じ訓練を受けている者への親近感を感じていたのだ。

柴田はホセに手を振った。ホセは、笑顔で手を振り返してきた。その隣りにオフェリアがいた。オフェリアの笑顔が柴田にはまぶしかった。


「こいつは、45口径のコルトだ。通称、ガバメント。これから、通常分解《フィールド・ストリッピング》をするからよく見ておけ」

『シンゲン』は、柴田につききりで指導していた。すでに、三人の若者の訓練は、他のゲリラが引き受けている。

「まず、マガジン・キャッチのボタンを押して、弾倉《マガジン》を抜く。スライドを引いて、薬室《チェンバー》に弾薬《カートリッジ》が入っていないか確認する。プラグを押しながら、バレル・ブッシングを九十度回転させる。そうすると、プラグを抜き出せる。バレル・ブッシングがプラグを押さえているんだ。このとき、注意しなければならないのは、プラグには、リコイル・スプリングの圧がかかっていることだ。手を急にはなすと、プラグが凄《すご》い勢いで飛び出す。へたをすると怪我をするし、プラグを飛ばしてしまうと銃を組み立てることはできなくなる」

『シンゲン』がプラグと呼んでいたのは、銃口の下に付いているボタンのようなものだ。バレル・ブッシングというのは、銃口の回りについているリング状の留め金だ。

バレル・ブッシングがリコイル・スプリングにつながったプラグを支えることによって、スプリングの力を遊底《スライド》に伝える仕組みになっている。

『シンゲン』は、言葉のとおり、プラグを取り出した。

「次に、バレル・ブッシングを左に百八十度回転させると、前方に抜き取ることができる。遊底《スライド》を少し後ろに引いて、スライド・ストップを、後ろのほうにある小さい溝に合わせる。そうすると、スライド・ストップを抜き出せる。この状態で、銃身《バレル》と遊底《スライド》を一緒に前方に取り出すことができる。最後に、遊底《スライド》をひっくり返して、中に収まっている銃身《バレル》を前方に抜き出す。これで終わりだ。こうして、銃はつねに分解して、掃除をしておくんだ。軍用の自動拳銃は、たいてい工具なしで通常分解できるが、ガバメントは、とくに構造が簡単で信頼性が高い」

『シンゲン』は、分解した銃をあっという間に組み直した。

「さあ、では、やってみろ」

柴田は、おそるおそるやってみた。手順を忘れて、ときどき、『シンゲン』に助けてもらわねばならなかったが、なんとかやりおおせた。

組み立て方を習い、組み直すと、実射訓練に入った。自分が分解組み立てを行った銃で撃つのが不安だった。

柴田は、グアムの射撃場で、オートマチック拳銃の恐ろしさについていやというほど聞かされていた。

排莢とコッキングに火薬のガス圧を利用するのが自動拳銃だ。ガス圧により、遊底《スライド》を後退させ、リコイル・スプリングの力でそれを元に戻す。その動きによって空薬莢を弾《はじ》きだし、新しいカートリッジを薬室《チェンバー》に送り込むのだ。

このガス圧が恐ろしく強いのだ。ガス圧により、遊底《スライド》を後退させることをブロウバックというが、このブロウバックの勢いは、文字通り殺人的だ。

さらに、遊底《スライド》の脇から吹き出すガス圧もばかにはできない。指の一本くらいは吹き飛ばす勢いがある。

自動拳銃の誤作動による事故は、そのまま大怪我か死につながるのだ。

『シンゲン』は、気にしていないようだった。弾倉《マガジン》にカートリッジを詰める方法を教える。

フル・ロードに装弾した弾倉《マガジン》を銃把《グリップ》の下からたたき込み、スライド・ストップを外す。これで、いつでも銃を撃てる。つまり、引き金を引けば弾が飛び出すわけだ。

柴田は緊張した。

自分で組み立てた銃が、ちゃんと作動してくれるかどうか不安だった。

ターゲットに向かってトリガーを絞る。鋭い銃声がして、手に衝撃が伝わってきた。

ターゲットに穴が開いていた。

銃はちゃんとコッキングされていた。

さらに一発撃つ。銃はちゃんと作動した。柴田は、なんともいえない快感を覚えていた。

9

　夜、ランプの光の下で、ガバメントの分解組み立てを繰り返した。柴田は、その拳銃に愛着を感じるようになっていた。

「どうだ？　なんとか扱えるようになったか？」

『シンゲン』がそばに来て尋ねた。

「イエッサー」

　柴田はこたえた。『シンゲン』が、笑った。

「もういい。新兵扱いはもう終わりだ。随行の記者として振る舞ってくれ」

「そう言われてほっとしましたよ。あなたといっしょにいる間中しごかれるのかと思いました」

「私たちがどのような世界で生きているのか理解してほしかった。同時に、あんたにも基本的な心得を学んでもらう必要があったんだ。こちらが本気でやらないと、相手も本気になってくれない。いい加減な態度で訓練をした者は、いざというとき、簡単に死んでしまう。私は、あんたに死んでほしくないんだ」

「一度はあなたを恨みましたがね……。いまでは、理解しています。おかげで、体力が充実した気分です。こんな気持ちは生まれてはじめてだ」

「恨まれない指導者は、一人前の兵士を育てることはできない」

「わかるような気がします」

「明日も同様の訓練をやる。もう強制はしないが、ランニングは続けたほうがいい。いざというとき、スタミナだけがものをいうんだ」

「でも、ここでは、戦いは起きそうにないですね」

「政府と『サパティスタ民族解放軍』は代表者レベルの話し合いに入っているからな……。ここでの、私の役割ももうじき終わるということだ」

「どこかへ移動するのですか？」

「そういうことになるな……」

「いつ……？」

「あの三人の新兵が何とか使えるようになったら、私の役割は終わる」

「あとどのくらいかかるんです？」

「そう……。二、三日と踏んでいる」

「そのあとは、どこへ……？」

「アフリカへ行く。ルワンダとブルンジで紛争が起こっている。ある筋の人間から、要請があった」

「そうですか……」

「……で、あんたはどうする？」

「もちろん、いっしょに行きたいのですが……。俺はビザを持っていない。メキシコから直接アフリカへ行くことはできないんです」

『シンゲン』は、意味ありげに笑った。

「私といっしょに来るのなら、その点はなんとかなる。問題は、あんたが、私に付き合う気があるかどうかだ」

「俺の取材はまだ終わっていません。何かをつかむまで、俺は日本へは帰りたくないのです。どう言っていいかよくわからないのですが……。日本は、国際社会から、PKOその他の国際協力を求められています。どこの紛争地帯へ行っても、日本人はばかにされています。しかし、日本が自衛隊を軍隊として派遣することが正しいとも思えません。あなたといっしょにいれば、いままで考えもつかなかったようなことが理解できるような気がするんです」

「あまり期待しないほうがいいな」

『シンゲン』は言った。「私は、日本という国がどうするかなどということには責任を持てない」

「あなたが責任を持つ必要はありません。俺が何を感じるか、それが大切なんだと思います」

「いいだろう。明日からは、もうひとつ大切な訓練が加わる。そのつもりでいてくれ」


柴田は、朝のうちに、ランニングと拳銃の射撃訓練を終えた。昼食ののち、『シンゲン』は藁葺きの屋根に梯子《はしご》を掛けて、上に登った。

「よく見ているんだ」

彼はそう言うと、屋根から飛び降りた。足から着地したが、足を踏ん張るようなことはしなかった。

足がつくと、足をそろえたまま、膝をつき、そして腰を地面に降ろした。そのまま仰向《あおむ》けに倒れ、さらに、後方に回転した。

立ち上がると、『シンゲン』は言った。

「これが、パラシュート降下の基本的な着地だ。これを練習するんだ」

「屋根から飛び降りるのですか？」

「そうだ。実際の空挺《くうてい》部隊の訓練では、もっとずっと高いところから飛び降りるのだが、怪我をされては元も子もないのでな……。さ、まずは、地面で転び方の練習だ」

足、膝、腰、背、肩という具合に崩れるように倒れる練習を何度もした。その後、実際に飛び降りるのだ。

下から見上げているのと、屋根に登って地面を見るのとでは高さの感覚がまるで違う。『シンゲン』はこともなげに飛び降りたが、屋根に登ってみると、とても飛び降りることなどできそうにない。

『シンゲン』は、下から声を掛けてくる。

「さあ、来い」

ゲリラたちが、見たことのない訓練を始めたので、立ち止まって見物を始めた。

「ガッツを見せろ。練習したとおりに転べばどうということはない」

「くそっ……」

柴田は、腹を括《くく》って飛び降りた。

足に凄《すさ》まじい衝撃を感じる。柴田は、練習したとおりに転がった。

彼は仰向けに倒れた。その柴田の顔を『シンゲン』が覗《のぞ》き込んだ。

「どうだ？　どうということはあるまい？」

「ええ、まあ……」

「さあ、もう一度やってみろ。まだ、着地の瞬間に足を踏ん張りすぎる。足を踏ん張っていると、すぐにくじいてしまうぞ。悪くすれば足を折る。それがいやなら、きっちりと足をそろえ、もっと力を抜くんだ」

柴田は立ち上がり、屋根に登って、もう一度飛んだ。今度は、さきほどのような恐怖を感じなかった。

「その感じだ」

『シンゲン』は言った。「私が戻るまで、登っては飛び降りるのを繰り返すんだ。このテクニックはぜひともマスターしてもらわなければならない」

『シンゲン』はそう言い置くと、三人の若者を連れて林の中に消えた。

昼食の後片付けを終えたオフェリアが、立ち止まって柴田のやることを見ていた。柴田は、屋根に登っては飛び降り、また、登っては飛び降りた。

オフェリアが笑いだした。柴田は何だかとても楽しいことをやっているような気分になった。

オフェリアのおかげで、気分はなごんだが、全身はひどい打ち身だらけとなった。

翌日は、拳銃に加え、自動小銃の射撃訓練をした。自動小銃というのは、見かけよりずっと重い。

弾倉《マガジン》をひとつ空にしないうちに支えていることができなくなるほどだ。最初のうちは、狙いをつけられるが、じっと銃口を上げていることができない。

「持ち上げようとするな。肩に押しつける感じで、全身で銃を支えるんだ」

『シンゲン』は言った。

さらに、フルオートで小銃を撃ったときの衝撃に驚いた。拳銃など問題ではなかった。柴田は、楽々と自動小銃を支え、どんどんフルオートで的を撃ち抜いている三人の若者を見て、ため息をついた。彼らは、それほどたくましくは見えない。問題は慣れなのだ。

自動小銃を撃ったあとは、また、屋根から飛び降りる訓練を続けた。

その夜、『シンゲン』は、『サパティスタ』の連中と長い間話し続けていた。柴田が疲れ果てて眠りに就いた後も、彼らの話し合いは続いていた。

出発の時は突然にやってきた。

集落のあたりはにわかに慌ただしくなった。今まで見たこともない連中が、朝から集落に集まってきた。

それは、おそらく、『サパティスタ民族解放軍』の中心人物たちなのだろう。ホセも緊張した表情を見せている。

彼らは、『シンゲン』に握手を求め、肩を抱いた。

『シンゲン』は、トラックに乗り込み、柴田もそれに続いた。トラックを運転するのは、ホセだった。

やがて、トラックは出発した。『サパティスタ民族解放軍』のメンバーたちは、トラックが見えなくなるまで手を振りつづけていた。

三人の若者は、涙さえ浮かべていた。

柴田は、『シンゲン』の存在の大きさをまたしても思い知らされた。

『シンゲン』は、奇妙なルートを通った。

ホセは、車でトゥストラ・グティエレスまで送ってくれた。そこから、メキシコシティまで飛行機で飛んだ。

メキシコシティから国外に飛び立つのかと思っていたら、『シンゲン』は、空路で大西洋側のコスメルに向かった。

柴田は余計なことは質問しなかった。何が起ころうと『シンゲン』に任せることに決めていた。

コスメルでは、一人の軍人が『シンゲン』を出迎えた。その軍人は、野戦服を着て空色のベレーをかぶっていた。

彼は、『シンゲン』を見るとさっと敬礼をした。『シンゲン』は敬礼を返した。

次の瞬間、その軍人は、笑顔を見せ、『シンゲン』の肩を抱いた。

軍人は、『シンゲン』に親しげに話しかけた。

『シンゲン』は、柴田に言った。

「フランスのジャン・クリュネー大佐だ。チャドでいっしょに戦ったことがある。国連の多国籍軍の一員として働いている」

「多国籍軍……?」

「そう。現在、ルワンダには、フランス軍が単独で進攻しているが、今後、フランス部隊を中心とした国連の多国籍軍が派遣されることになっている」

クリュネー大佐は、柴田たちを案内して歩きだした。空港の外には出なかった。出入国手続きもなかった。

空港のはじに、フランス軍のマークの入った輸送機が駐機していた。

「スチュワーデスのサービスはないが、乗り心地は悪くない」

『シンゲン』が言った。

「あれで、ルワンダまで飛ぶのですか?」

「輸送機はザイールまで飛ぶ。私たちは途中で降りる」

「途中で……?」

「そのために、何度も屋根から飛び降りたんだ」


すでに日が暮れて何時間かたっていた。

輸送機は、順調に飛行したが、アフリカの内陸に入るにしたがって高度を下げたため、ひどく揺れはじめた。

乗り心地は悪くないと、『シンゲン』は言ったが、それは悪い冗談だったとしか柴田には思えなかった。

彼は、硬いシートにベルトで体を縛りつけ、機体の揺れに耐えていた。

やがて、コクピットからジャン・クリュネー大佐がやってきた。『シンゲン』は、クリュネー大佐と言葉を交わすと、ベルトを解いて立ち上がった。

機体の揺れを気にする様子もなく、柴田に近づいた。

「これから、パラシュートを装着する。こっちへ来るんだ」

「屋根から飛び降りただけで、すぐに実戦とは……」

「心配するな。飛び降りたらすぐに、留め具が外れてパラシュートは自動的に開く」

「どうしてちゃんと着陸しないのです？」

「ルワンダの空港は、『ルワンダ愛国戦線』が押さえている。現在、フランス軍と『ルワンダ愛国戦線』は睨《にら》み合いの状態だ。空港へ降りたら撃ち落とされるかもしれんぞ」

『シンゲン』はそう言うと、にやりと笑った。「ザイールに降りてからルワンダに入るには、時間がかかる。それに、ザイールに入れば、私たちは、フランス軍や国連PKOの監視下に置かれてしまう」

「単独行動なんですか？」

「急いで来てくれと言われているのでね……。この輸送機は、本来とは違った飛行コースで飛んでいる。だから、レーダーを避けて低空を飛ばねばならない。知っているか？　飛行機というのは低空を飛ぶと、ひどく燃料を食う。失速もしやすい。輸送機の乗組員を長時間危険にさらすことはできない。やり直しはきかない。チャンスは一回だけだ。いいな」

「いいも悪いもありませんよ。そのときになったら、後ろから突き飛ばしてください」

「そのつもりだったよ」

『シンゲン』は本当にそうした。

彼は、柴田の自動開傘索《かいさんさく》をドアの縦縁に取り付けると柴田を突き飛ばすように押し出した。

柴田は突き飛ばされた瞬間、すさまじい風に巻かれ、一瞬上下左右がわからなくなった。

実際に、空気の壁があるように感じられるほどの風だった。そのうち、自分が落ちているのだということが実感された。輸送機のスピードによる慣性が空気抵抗により打ち消され、落下の感覚が強まったのだ。

柴田は、恐怖のため叫びだしそうだった。だが、自主落下していた時間は実際には、ほんのわずかだった。実際には三秒ほどだ。

すぐに自動開傘索によって引き出された主傘が開いた。

主傘が開く瞬間、全身に驚くほどの衝撃が加わった。

パラシュートが開いたことにより、柴田は一瞬安堵したが、今度はまた別な恐怖心がやってきた。パラシュート降下のスピードはもっとゆるやかなものと思っていたのだ。

やはり、落ちているという感覚だった。スピードが思ったよりずっと早い。みるみる地面が近づいてくる。地面には起伏がほとんどないが、まばらな背の低い林がすぐそばに見えている。

その林に突っ込むのではないかと思った。

パラシュートの索具を操って着地の地点を調整することなど柴田にはできない。

柴田は、知らず知らずのうちに、奥歯を噛みしめていた。彼は、荷物をリュックに入れそれをロープで腰から足のしたまでぶら下げていた。

荷物を体に固定していると、その重みで足を折る危険が増す。荷物をぶら下げておくと、先にそれが着地して、着地の瞬間を知らせてくれる。

地面に落ちる。

着地の瞬間はまさにそういう感じだった。柴田は、全身を地面に打ちつけられたように感じた。

気がついたら、後方に転がり、ロープが体に巻きついていた。

後方に転がったということは、まずまず訓練どおりにできたことを意味する。柴田は、しばし、放心状態だった。

座ったまま、次の行動に移れずにいた。初めてのパラシュート降下の体験があまりにも強烈だったのだ。

やがて、柴田ははっとしてあたりを見回した。月夜で、まったくの暗闇というわけではない。

彼は、『シンゲン』の姿を探していた。『シンゲン』がどこに着地したかまったくわからなかった。

すぐ脇に、まばらな林が見えている。柴田は運良く、林には突っ込まなかったのだ。

「網にかかった魚のようだな」

後ろで声がした。

柴田は振り返った。立ち上がろうとしたが、ロープが絡まってどうしようもなかった。『シンゲン』が立っていた。

彼は、胸に付けていたシースからサバイバルナイフを抜くと、柴田に絡まっていたロープを切りはじめた。

パラシュートのロープを切ってしまうというのは、乱暴なように柴田には感じられたが、すぐに、それが合理的な行動であることに気づいた。

戦争というのは、合理性の追求なのだ。だからこそ、非人間的なのだとも言える。

「パラシュートを丸めてあの林のなかに隠すんだ。急げ」

柴田は言われたとおりにした。

『シンゲン』は、ライトで地図を照らし、あたりの地形をしきりに眺めている。

柴田がパラシュートを隠しおえたのを確認すると、『シンゲン』は言った。

「あっちだ。行こう」

『シンゲン』は小高い丘を指さして、歩きはじめた。

柴田は、『シンゲン』に与えられた野戦服を着ていた。降下のときに腰からぶら下げていたリュックを背負った。野戦服を着ていても暑いとは感じなかった。

夜であるせいもあるのだろうが、空気が乾いていて汗がべとつく感じがしない。ブルンジはもともと高原性の温暖な気候なのだ。

丘を越えると、平原のなかに一本の道が通っているのが見えた。『シンゲン』は慎重にブッシュに沿って進み、灌木《かんぼく》の陰に腰を降ろした。

『シンゲン』は時計を見ている。

やがて、車のエンジン音が聞こえてきた。

「時間どおりだな……」

『シンゲン』は言った。

ジープが一台やってきて、停まった。

『シンゲン』は闇のなかを透かし見るようにして、ジープでやってきた人間の正体を確かめようとした。

彼は相手を確認したようだった。立ち上がり、ジープに近づいた。

「『シンゲン』！」

相手の男が言った。闇のなかに溶けているように見える。相手の肌が漆黒だからだ。

「クタワ。元気か」

二人は闇のなかでがっしりと抱き合った。

クタワと呼ばれた男は、笑いを消し去り、言った。

「事態は逼迫《ひっぱく》している。車に乗ってくれ。走りながら説明する」

クタワは英語でしゃべっているので、柴田にも会話の内容がわかった。海外に出て、彼の英語力は急速に進歩していた。

『シンゲン』が助手席に乗り、柴田が後ろに乗った。車の後ろには、機関銃を取り付ける台座があった。

『シンゲン』は柴田をクタワに紹介した。クタワは、かつて、チャドで戦った仲間のひとりだという。彼は、プロの兵士だということだった。六月に開かれたアフリカ統一機構のサミットで、『アフリカ平和維持軍』設立が採択され、彼はそのために働いているのだと言った。クタワは、ブルンジ生まれだった。

「さて、話を聞こうか……」

『シンゲン』が言った。

10

「バリディが『ルワンダ愛国戦線』につかまった」

クタワが言った。

『シンゲン』は、片方の眉を上げて言った。

「バリディがルワンダに来ているのか？」

「ハビャリマナ大統領の側で戦っていた。俺たちの味方だ。ハビャリマナ大統領に続き、ユウィリンジイマナ首相を軍強硬派に暗殺されたのをきっかけに、『ルワンダ愛国戦線』も攻撃に参加した。以来、本格的な内戦状態になった。そのときから、バリディは首都の、キガリで戦い続けていたのだ。やがて、『ルワンダ愛国戦線』と軍部がキガリを制圧し、大統領派の政府軍は追い払われた。バリディは最後まで、戦ったが、結局『ルワンダ愛国戦線』に包囲され、捕虜となった」

「生きているのか？」

「生きている。確認は取れている。『ルワンダ愛国戦線』は、彼を国連多国籍軍に対する人質にしようと考えている。バリディの国籍を知っている者はいない。だが、ヨーロッパ人であることは確かだ」

「やっかいだな……」

『シンゲン』は考え込んだ。柴田は、後部の座席から身を乗り出して尋ねた。

「どういうことになってるんです？　バリディというのは何者なんですか？」

「アフリカでは名の通った傭兵だ。出身がどこかは秘密になっているが、かつてオーストラリアの空挺部隊で訓練を受けたことがあるらしい。白人で長身。砂色の髪に濃い青い眼をしている。本名もわからない。バリディというのは、通称で、スワヒリ語で冷たいという意味だ」

「知り合いなのですか？」

「チャドで命を助けられたことがある」

「命を助けられた？」

「私たちの部隊が前線で孤立した。通常ならば見殺しも止むを得ない状況だった。バリディは、わずかな部下を連れて救援に駆けつけた。誰もが嫌がる救出作戦を買って出たんだ。おかげで、私はこうして生きている」

「その恩人が何者かにつかまっているというのですね」

「『ルワンダ愛国戦線』。ツチ族が組織しているゲリラ部隊だ。ハビャリマナ大統領と、隣国ブルンジのンタリャミラ大統領の乗った飛行機が撃墜されるというテロ事件が起きた。撃ち落としたのは『ルワンダ愛国戦線』だと言われている。ハビャリマナ大統領もンタリャミラ大統領も、フツ族だった」

「ツチ族とフツ族……？」

「ルワンダとブルンジはかつてドイツ領東アフリカというひとつの国だった。だが、もともとは、二つの王国だ。その後、ベルギーの委任統治領となったが、一九六二年にそれぞれ独立をした。古くはフツ族の国だといわれているが、十五世紀ころ、牧畜民のツチ族が南下してきて、支配層となった。今でも、人口の割合は圧倒的にフツ族が多い。だが、支配しているのはツチ族だった。ルワンダでは、フツ族九十パーセントに対し、ツチ族は九パーセント、ブルンジでは、フツ族八十四パーセントに対してツチ族が十五パーセントといわれていた」

「少数民族がその国を支配するというのは珍しいな……」

「フツ族は古典的な農耕民だが、ツチ族は農耕に牛を使った。それで領土を拡大し、地主階級となった。ドイツやベルギーはそのツチ族の支配構造を利用した」

「フツ族とツチ族は互いに争っていたわけですね？」

「一九六二年の独立後、特にフツ族の割合の多いルワンダでは、フツ族による政権を求める声が強かった。それで、七三年、無血クーデターが起き、フツ族のハビャリマナ政権が誕生した。その際にツチ族は、難民となり、ウガンダなどに逃げ延びた。その後、彼らは『ルワンダ愛国戦線』を結成し、九〇年に武装蜂起した。それ以来、内戦状態にある」

「歴史的に見れば、フツ族は、自分たちの国を取り戻しただけじゃないですか」

「言い分は双方にあるものだ。十五世紀以来、ルワンダとブルンジは、ツチ族が支配していた。ツチ族に言わせれば、ルワンダもブルンジも彼らの国なのだ。さらに、問題なのは、フツ族の政権が、長期一党支配だったことだ。どこの国でもそうだが、同じ政権が長く続くと腐敗する。『ルワンダ愛国戦線』は、その腐敗政治を正すのだと主張している」

「それで、バリディという あなたの恩人はフツ族の側で戦っていたのですね」

「そうだ。だが、単に雇われたに過ぎない」

「では、あなたもフツ族の側に立つわけだ」

「いや……」

「どういうことです?」

「私はただ、バリディを助けだすだけだ」

「形の上ではフツ族の側に付くことになります」

「あくまでも形の上でのことだ」

「なるほど、この戦いはメキシコの『サパティスタ』などとは、違うということですね」

「戦いに違いなどないさ」

「でも、確かにあなたの口ぶりは違うように感じられます」

「傭兵に主義主張は関係ない。金のために戦うのだ。どうだ？　失望したか？」

「いいえ。俺は取材するに当たって先入観を持つべきではないということがわかりかけてきました。あなたに正義の味方であってほしいと思っているわけではありません。あなたの生きざまに興味があるのです。だから、失望などしません」

「そうか。俺自信は失望することがよくあるのだがな……」

　ジープは村を利用した野戦基地に着いた。村の家を中心に、テントやプレハブの建物が立てられている。

　ちゃんと歩哨《ほしょう》がおり、軍用ジープが行き交っている。基地の奥ではかすかな音楽やにぎやかなざわめきの声が聞こえた。

兵士たちのために用意された酒場だった。ジープを降りると、『シンゲン』はその酒場のほうを見やって言った。

「どこの戦場でも雰囲気は同じだ。不思議なものだな……」

柴田にはまったく馴染みのないものものしい雰囲気だが、『シンゲン』にとっては、なつかしいのかもしれなかった。

クタワが言った。

「こっちへ来てくれ。詳しい状況を説明する」

『シンゲン』はうなずいた。

柴田はくたくたで、一刻も早く休みたかったが、『シンゲン』はまったくそんな様子は見せなかった。彼は、彼本来の動きを見せはじめたのだ。

前線に来ると、休みなどなくなるのだ。優秀な将校ほど眠らなくなる。睡眠が必要なのは、実祭に戦う兵士の側だ。

柴田は、『シンゲン』に付いていこうとした。クタワが建物の前で彼を押し止めた。

「申し訳ないが」

彼は言った。「この中の取材はお断りだ」

言葉は丁寧だったが、反論を許さない口調だった。

「ベッドに案内してもらって、休むといい」

『シンゲン』が言った。「私は、しばらく戻れない」

『シンゲン』は、クタワに英語で言った。

「彼を寝床に案内してくれ」

「兵営のベッドになるが……」

『シンゲン』は笑った。

「構わんよ。そのほうが、彼の取材になるだろう」

クタワは、建物の中にいた若い兵士に何かを命じた。英語ではなく、現地の言葉だった。

若い兵士はきびきびと柴田を案内していった。

案内されたのは、プレハブの兵営だった。兵営のことを英語でバラックスというが、まさにその言葉どおりの建物だった。

国連の多国籍軍の兵営のなかには、冷房が完備したものまであると聞いたことがあったが、この兵営はまったくひどいものだった。

もっとも、地元の兵にしてみれば、暑さはそれほど気にならないのかもしれない。

若い兵士は、きびきびとベッドメイキングを始めた。まるで、ホテル並にきちんとベッドができあがった。

兵営では、身の回りのことを厳しくチェックされるのだ。新兵の訓練のひとつにベッドメイキングが含まれているというのを聞いたことがあった。

兵士が去ると、柴田はベッドに腰を降ろした。兵営の中は薄暗かった。天井からところどころ電球がぶら下がっている。

中に兵の姿は余り見られなかった。いびきが聞こえる。

非番の者は疲れ果ててぐっすり眠っているようだ。

体力が少しでも余っている者は、酒場に行っているのだろう。遠くで、ひとり、兵士がベッドに腰掛け、柴田のほうを見ていた。

「ハロー」

柴田が手を上げて声を掛けると、冷たくそっぽを向いた。

海外では、多くの場所で「ハロー」という挨拶《あいさつ》が功を奏する。観光であちらこちらを訪ねる場合には、たいていの場合同じ返事がかえってくる。

だが、そうでない場所もあるのだ。

柴田は、急に心細くなった。気づくと、兵営の中で起きているものは、皆、柴田を見ていた。

柴田は、もう彼らに挨拶する気にはなれなかった。彼は、靴を履《は》いたままごろりとベッドに横たわった。

これまでのことをすべてメモにしておかねば……。

柴田はそう考えながら、眠りに落ちていった。くたくたに疲れており、横たわったとたんにもう意識が朦朧としていた。

どのくらい眠ったかわからない。

目を覚ますと、柴田のベッドの周囲に人影が並んでいた。柴田は夢を見ているのかと思った。だが、夢ではなかった。

誰かが何か言った。キニャルワンダ語だった。

柴田は起き上がった。五人の兵士に囲まれていた。彼らは酒臭かった。

「何だ？」

柴田は英語で尋ねた。

兵士たちはじっと柴田を見据えている。

「俺はあんたたちの言葉がしゃべれない。話がしたいのだったら、英語の話せるやつを連れてくるんだな」

最初に話しかけたのとは別の兵士が英語で言った。

「おまえは、どこから配属されてきたんだ？　何で自分でベッドを作らなかった？」

「俺は兵士じゃない。ジャーナリストだ。日本から来た」

五人の兵士は、眼だけ動かして互いの顔を見合った。

英語のしゃべれる兵士が言った。

「だからといって、俺たちに身の回りの世話をさせることはない。俺たちは奴隷じゃないんだ」

柴田は頭をはっきりさせる必要があった。寝起きに因縁をつけられるのは分が悪い。

「そんなつもりはなかった。案内してきた兵が気をきかせてくれたんだ」

「断るべきだったな」

「そんな必要はないと思った」

「必要はあったんだ。俺たちは奴隷扱いされることには我慢できない。白人たちは、俺たちの先祖を奴隷にした。いいか、そして、俺たちフツ族は、ツチ族にさえ奴隷のような扱いをされてきたんだ。そういう生活にはもうがまんできない。だから俺たちは戦っているんだ」

「わかった。あんたの仲間に俺のベッドを作らせたのは悪かった。今後、自分のことは自分でやる。すまなかった」

「あやまってすむ問題ではないな……」

彼は仲間に目配せをした。

別の兵士が、ベッドの脇にあった柴田のリュックを持ち上げた。勝手にその口を開き、なかから、テープレコーダや、カメラを取り出した。

「何をするんだ！」

柴田はテープレコーダとカメラを取り戻そうとした。だが、すぐ別の兵士に取り押さえられた。

彼らはみな体格がよかった。身長はそれほど高くないが鍛え上げた体つきをしている。腕は骨太で、なおかつその太い骨の上に筋肉が盛り上がっている。

指がバナナのように太い。

英語の話せる兵士が言った。

「謝罪の気持ちを品物で表してもらう」

柴田はようやく気がついた。

彼らの目的は、最初からこれだったのだ。柴田は現金を身につけていた。リュックのなかには現金はない。

彼らは、一番金になる品物に眼を付けたのだ。

カメラもテープレコーダも商売道具だ。ここで取り上げられるわけにはいかない。

「返せ！」

柴田は、腕をつかんでいる手を振りほどいて、カメラとテープレコーダを持っている兵士につかみかかった。

兵士は、子供に意地悪をするように、ひょいとカメラとテープレコーダをそれぞれに持った両手を頭上に上げた。

最初に話しかけた兵士が柴田と、彼の商売道具を持った兵士の間に割って入った。その兵士は、柴田を強く押し退けた。

柴田はよろよろと後方に下がり、英語で話していた兵士にぶつかった。

兵士たちはカメラとテープレコーダを眺めてなにかしきりに言い合い、笑った。彼らの会話のなかに、「ンジャポニ」という言葉を聞き取ることができた。

日本製であることを確認したのだ。日本製の精密機械やエレクトロニクスは高く売れるのだ。

「てめえら、おいはぎじゃねえか！」

柴田は、日本語で怒鳴っていた。

離れたところで誰かが怒鳴り返した。ベッドに寝ていた兵士らしい。

後ろにいた兵士が英語で言った。

「ほら、静かにしないと、休んでいる兵士の迷惑になる」

「ふざけるな！」

「静かにしろと言ってるんだ」

後ろの兵士が柴田を突き飛ばした。

五人の兵士は、テープレコーダとカメラを戦果に、立ち去ろうとした。

柴田は、猛烈に腹を立てた。

テープレコーダとカメラを持った兵士に、後ろから猛然と体当たりをした。

兵士は、前方に突き飛ばされ、テープレコーダとカメラを取り落としそうになった。

五人がさっと振り返った。その行動は素早かった。

薄暗がりの中で彼らの眼がぎらぎらと光って見えた。顔が黒いので、眼だけがやたらに目立つ。

よく見ると、黒目が小刻みに動いている。彼らの怒りの表現だった。

最初に話しかけてきた兵士が、素早く動いて、柴田にボディブローを見舞った。

正確で強烈だった。

ちょうど、肋骨《ろっこつ》の間の肝臓と胃が重なっているあたりを右の拳で突き上げた。

柴田は、腹のなかで何かが爆発したように感じた。衝撃は、背中まで突き抜けた。息ができなくなった。

その場に崩れ落ちていきそうになる。兵士は両手で柴田の胸元をつかんで、引き上げるように支えた。

キニャルワンダ語で何か言った。

別の兵士が英語で通訳した。

「カメラと命とどちらが大切だ?」

柴田は、ボスニアでの兵士たちの悪ふざけを思い出した。

さらに、頭に血が昇った。怒りが苦しさを押し退けた。ダメージが急速に去っていく。

柴田は、咄嗟に頭を突き出した。

すぐ近くに相手の顔があったので、彼の頭突きは見事に命中した。

相手は叫んでのけぞり、両手で鼻を押さえた。その指の間から血があふれた。相手は鼻血を出したのだ。

柴田は、自分の頭突きの威力に驚いた。驚くと同時に気をよくした。

柴田は、相手に殴りかかった。

だが、柴田の攻撃が通用したのは、最初の奇襲だけだった。

右の拳で殴りかかったのだが、難なくかわされて、またしてもボディブローを打ち込まれた。今度は、右の脇腹だった。

柴田は喘《あえ》いだ。

次の瞬間、顔面にパンチを食らった。

目の前が眩《まばゆ》く光った。その光が、無数の星となって視界の隅に広がっていく。

鼻の奥でキナ臭いにおいがして、床がせりあがってくるような感じがした。体が傾いているのだが柴田にはそれがわからない。

殴った相手は、柴田を突き飛ばした。

柴田はふらふらとよろめいて、何かにぶつかった。それは、別の兵士の体だった。

その兵士は、柴田のボディにパンチを見舞った。

柴田は、体から力が抜けていくのを感じた。立っていられない。

だが、倒れることは許されなかった。

また突き飛ばされ、別の兵士に殴られた。今度は顔面だった。

また、同じことが起こった。目の前が、真っ白に光った。

「くそったれ……」
柴田は叫んだ。
叫んだつもりだった。しかし、それは、声にならなかった。
柴田は、床に崩れ落ちた。
意識はまだあった。だが、体が動かない。その柴田に、靴が襲いかかった。
柴田は無意識のうちに胎児の恰好をしていた。
いっそのこと意識を失ってしまいたいと柴田は思った。
そのとき、どこかで鋭い声がした。
靴の攻撃がぴたりと止んだ。
柴田は、じっと体を丸めたままだったが、やがておそるおそる顔をあげた。
五人の兵士が一方向を見ている。柴田もそちらに眼をやった。
『シンゲン』とクタワが戸口に立っていた。

11

クタワが、五人に厳しく問いただしていた。キニャルワンダ語だった。

五人は、口々に何かを言いはじめた。

柴田には、彼らが何を言っているか想像ができた。さまざまな理由をつけて柴田を非難しているのだ。

クタワは、五人にその場からただちに解散するよう命じた。柴田には、クタワの仕草でそれがわかった。

「待て」

柴田は、倒れたまま、言った。「俺のカメラとテープレコーダを返せ」

クタワは、五人を呼び止めた。鋭く詰問《きつもん》している。

五人の兵のひとりが、隠し持っていたカメラとテープレコーダを出した。クタワは、怒りに燃えた表情で、その兵士を殴った。

何事か怒鳴りながら、五人を次々と殴っていった。

そうして、クタワは、カメラとテープレコーダをひったくった。

それを倒れている柴田の顔の近くに置いた。クタワは英語で言った。

「すまないな……。彼らは厳重に処分する」

柴田は、何とか起き上がった。カメラとテープレコーダを手に取ると、ベッドにどさりと腰を降ろした。

そのとき、五人のうちのひとりが、腰に付けていた拳銃を抜いた。

最初に柴田に話しかけた兵士だった。

彼は、無造作に遊底《スライド》を引くと、クタワを狙った。

柴田は信じられない気持ちでその様子を見ていた。何もできない。まさか、自分の仲間を撃つはずはないという思いがあった。

柴田は、その兵士が本気だとは思えなかったのだ。

だが、兵士は本気だった。引き金に指を掛けた。

銃声が響いた。

柴田は、クタワが撃たれたのだと思った。声も出なければ、身動きもできなかった。

だが、撃たれたのはクタワではなかった。銃を持った兵士は、悲鳴を上げ、銃を取り落としていた。

拳銃を持っていた手が撃ち抜かれていた。柴田は、はっと『シンゲン』のほうを見た。

『シンゲン』が、ガバメントを腰溜めで構えている。

『シンゲン』の後方で、微《かす》かな金属音がした。ガバメントから飛び出した空薬莢が地面に落ちた音だった。

手を撃ち抜かれた兵士は、溢れる血を左手で押さえ、わめいている。痛みに耐えかねている様子だった。

パニック状態だった。

テレビ・ドラマなどでは、銃を持つ手を撃たれて悔しがるシーンがあるが、まったく違っていた。銃弾で骨を粉々にされているのだ。激しいショックでじっとしていることができないようだった。

『シンゲン』は、言った。

「腹の虫が治まらないというなら、私が相手をしてやる」

『シンゲン』は、おもむろにガバメントの安全装置を掛けると、腰のホルスターにしまった。

手を撃ち抜かれた男は、地面に膝をついてうずくまってしまった。彼は完全に戦意を失っている。

だが、あとの四人はやる気だった。

『シンゲン』は、彼らに背を向けると、出入口から外に出た。手に怪我をした兵士を残し、四人は『シンゲン』を追って兵営を出た。

クタワが何事か毒づきながら、外へ行った。柴田もクタワに続いた。

『シンゲン』と四人は対峙していた。

「四人いっぺんにかかってきてもいい」

英語を話していた兵士がそれをキニャルワンダ語で仲間に伝えた。

ひとりが、仲間を押さえた。

いちばん体格のいい男だった。彼は、自分ひとりで充分だという素振りだった。彼ひとりが歩み出た。

いつしか、見物人が集まってきていた。酒場からやってきた兵もいれば、兵営から飛び出してきた兵もいる。

遠巻きに人垣ができた。

クタワは、それを見て、どうしようもないというようにかぶりを振った。

「名前を聞いておこう」

『シンゲン』が言った。相手はその英語を理解したようだった。

「アルベルティン……」

「ようし、アルベルティン。兵士の秩序というものを教えてやる」

アルベルティンは、身構えた。

レスリングの構えのようだった。足幅を広く取り、前傾姿勢で構えている。両手を胸のあたりに掲げ、脇をしっかりと締めている。肉食獣が獲物を狙っているような感じだった。

もともと、フツ族は農耕民だということだが、彼らの体には、狩りをした先祖の血が濃く残っているはずだ。

アフリカ民族の体力は計り知れない。筋力、持久力、瞬発力、どれをとっても他民族より優れているといっていい。それは、オリンピックの成績が証明している。

『シンゲン』は、年齢的に盛りを過ぎているはずだと柴田は思った。それに、アジア民族は、体格も体力も劣っているはずだ。

アルベルティンは、じりじりと間合いを計っている感じだった。

『シンゲン』は、構えらしい構えを取っていない。わずかに半身になり、両手は下げたままだ。

腰を落としているわけでもない。

アルベルティンは、『シンゲン』が無防備だと思っているに違いなかった。柴田もそう感じているのだ。

「だいじょうぶかな……」

思わず、柴田は、クタワにそう話しかけていた。

クタワは、言った。

「あんたが『シンゲン』のことを心配しているのなら、こたえはイエスだ。心配ない。アルベルティンのことを心配しているのなら、私には保証はできない」

柴田には、そのこたえが意外な感じがした。クタワは、『シンゲン』を信頼しきっている。

アルベルティンは、さかんに、フェイントをかけた。踏み込む振りをしては、相手の反応を探る。

『シンゲン』は、動じない。

柴田はそれを見て、『シンゲン』が反応できずにいるのではないかと疑った。

アルベルティンも同じようなことを感じたようだった。彼の表情は自信にあふれていた。

「ヒッチャー！」

アルベルティンは、奇妙な気合を発すると、左のフックを出した。
柴田は、そのスピードとばねに驚いた。
パンチは完全に『シンゲン』の顔面を捉えたと柴田は思った。
だが、次の瞬間、ひっくり返ったのはアルベルティンのほうだった。
野次馬たちが、声を洩らした。喝采《かっさい》や、野次ではない。明らかに驚きの声だった。
柴田も驚いていた。『シンゲン』は魔法を使ったようだった。
それは、アルベルティンも同様だった。彼は何をされたのかわからなかった。
殴りかかった瞬間に、自分のほうが倒れていたのだ。
柴田は、アフガニスタンで、ゲリラたちが見せてくれた格闘術を思い出していた。
『シンゲン』に習ったと誇らしげにゲリラたちが披露してくれた格闘術だ。
『シンゲン』は、それを、大東流合気柔術をもとにしたものだと語った。
アルベルティンは、飛び起きた。
彼は、にわかに慎重になった。また、同じ構えで、『シンゲン』の隙《すき》を探る。
アルベルティンは、また、左のフックを飛ばした。
だが、今度はフェイントだった。すぐさま右足の回し蹴りを出した。
回し蹴りは、今や世界共通の蹴り技となっている。格闘術をマスターしようとする者は、必ず回し蹴りの練習をする。

アルベルティンは、またひっくり返った。蹴った足をすくわれたような形になっていた。

『シンゲン』は、倒したアルベルティンに覆いかぶさるようにして、喉を決めた。アフガニスタンのゲリラと同じだった。

柴田は、アフガニスタンのゲリラたちの動きを見ていたので、『シンゲン』が何をやったのか辛うじて理解できた。

『シンゲン』は、相手が攻撃してくる瞬間に自分のほうから出ていき、相手の攻撃を封じながら、相手を崩したのだ。

アルベルティンは、攻撃するたびに自分が投げられてしまうので、不思議でたまらないはずだった。

『シンゲン』は、両手でしっかりと倒したアルベルティンの喉を決めている。アルベルティンは眼を白黒させている。

『シンゲン』は手を緩めない。

日本の武道ならば、ここで手を引き、勝負ありということになる。だが、それは、海外では通用しない。

相手が負けを認めるまで、手を緩めてはいけないのだ。柴田は、そのことをすでに理解していた。

日本人の約束ごとは海外では単なる甘さとなるのだ。

ついに、アルベルティンは、落ちた。

ぐったりと四肢を大地に伸ばしてしまった。『シンゲン』は立ち上がり、残りの三人を睨み付けた。

「殺したのか！」

英語を話せる兵士がわめいた。「おまえは、彼を殺したのか！」

『シンゲン』は何も言わなかった。

彼は、ぴくりとも動かないアルベルティンの上体を起こした。背に回ると、片方の膝を宛がい、気合を入れて両肩を引いた。

アルベルティンの喉が、かは、と鳴った。その直後、彼は、ひゅう、と息を吸い込んだ。

彼は、目をしばたたかせた。

野次馬がまたどよめいた。

まるで、死人が生き返ったように見えた。柴田は、『シンゲン』が活を入れたのだと気づいていた。

活を入れるシーンは、日本の時代劇などでよく見られる。

「さあ、次は誰だ?」

『シンゲン』は、三人に言った。

兵士たちは、すでに戦意を喪失していた。彼らの眼には、『シンゲン』が神秘的にすら見えていたに違いない。

『シンゲン』は、兵士たちを見据えている。彼らは、互いに顔を見合ってから、すごすごと後退していった。

アルベルティンは、まだ、何が起こったのかわからないような顔をしている。だが、彼は、仲間が退散するのを見ると、慌てて立ち上がった。

喝采も歓声もなく、人垣が散っていった。野次馬たちは、それぞれの方向に消えた。

「あんなデモンストレーションが必要だったのか?」

クタワが『シンゲン』に言った。

「必要だ。私は、ここにいる誰かを連れて救出作戦をやらねばならない。私をなめるやつがいては困るのだ」

「救出作戦には、私が行く」

「ふたりではどうしようもない」

「バリディは、同胞ではない。兵力を割《さ》くわけにはいかない。だから、あんたを呼んだのだ」

柴田は、一瞬、『シンゲン』の顔に淋しげな表情が浮かぶのを見た。

「そうか……」

『シンゲン』は、そう呟くと、兵営に向かった。彼は、メキシコでは将校扱いだったが、ここでは、そうではないらしい。

ここでは、『シンゲン』はただの傭兵でしかないのだ。

「作戦のために少し眠っておくことにする」

『シンゲン』はクタワに言った。

「それがいい」

クタワは、野戦基地の司令部になっている建物のほうへ歩いていった。

『シンゲン』は、昨夜のことがまるで夢だったように振る舞っていた。

食事のときには、クタワと大声で話し、明るく笑った。今まで見たなかで、いちばん明るい『シンゲン』の姿だと柴田は思った。

『シンゲン』の笑顔は、人の心をなごませる。柴田も、彼の笑顔を見ているうちに、気分が落ち着いてくるのを感じた。

柴田は、『シンゲン』に尋ねた。

「いつ出発するのですか？」

「今夜出るよ」

『シンゲン』がこともなげに言ったので、柴田は驚いていた。

「今夜……」

「バリディの健康状態を考えると、できるかぎり早いほうがいい。本当ならば、昨夜のうちに助け出したかったが、下調べに時間がかかった」

「危険な任務なのでしょう？」

「そうだな……。救出作戦は誰でも嫌がる。敵のなかに突っ込んでいくようなものだからな……。圧倒的な火力を持っている場合は、やけくそで暴れまわればいいが、今回はそうもいかない。徹底したゲリラ戦になるな……」

「クタワとふたりだけで行くのですか？」

「できればそうしたくはないな。それでは自殺するようなものだ。よく訓練された兵士があと三人はほしいところだが……。聞いたろう、昨夜、クタワが言ったことを」

『シンゲン』が明るく振る舞っていられるのが不思議だった。ほとんど絶望的な作戦ということになる。

「俺が行ったら、かえって足手まといになりますか？」

『シンゲン』は、片方の眉を上げて、しげしげと柴田を見た。それから、彼は大笑いを始めた。

『シンゲン』は、柴田を相手になどしない。柴田はそう考えていた。

「おとなしく、ここでまっていろ」と言うに違いないと思った。それが、柴田の常識だった。

だが、そうではなかった。『シンゲン』は言った。

「あんた、銃を撃ったことがあったな」

「え……？」

「掩護《えんご》射撃くらいはできるということだ」

「しかし、俺は新兵ですらありません」

「誰だって初めてのときはある」

「しかし、救出というのは、微妙な作戦なのでしょう？」

「そう。微妙だ」

「訓練が必要なのではありませんか?」

「訓練された兵士が行くに越したことはない。だが、それが望めない場合は、行ける人間でなんとかしなくてはならない。どこのゲリラでも、少年が銃を持って戦っている。彼らは正規の訓練を受けたわけではないが充分に戦力になっているんだ」

柴田は急に不安になって、何を言っていいかわからなくなった。

『シンゲン』はまた笑った。

「行くと言いだしたのは、あんたのほうだぞ」

「それは、そうですが……」

「無理なことは要求しない。できることだけ、やってもらう。あんたは、俺に言われたことだけをやればいいんだ。むしろ、勝手に動きたがるベテランより、そういう人間のほうが役に立つ場合がある。またとない取材になるぞ」

柴田は、『シンゲン』があまりに楽観的なのでまたしても驚いてしまった。

『シンゲン』が、言った。

「さあ、そうと決まれば、あんたはもうただの記者じゃない。作戦を説明する必要があるな。クタワのところへ行こう」

『シンゲン』は歩きだした。柴田は、とんでもないことを言ってしまったと思った。

だが、『シンゲン』の言ったことも事実だった。またとない取材となるはずだった。

柴田は、『シンゲン』のあとについて歩きだそうとした。

そのとき、後ろから声を掛ける者があった。『シンゲン』と柴田は同時に振り返った。

アルベルティンが立っていた。

柴田は緊張した。昨夜の仕返しにやってきたのかと思ったのだ。だが、『シンゲン』は今朝からの上機嫌さをそこなわず、にこやかに言った。

「何だ？　リターン・マッチでも申し込みにきたか？」

アルベルティンもある程度、英語を話すようだった。彼は、『シンゲン』に挑むように言った。

「バリディの救出作戦に行くと聞いた」

『シンゲン』は尋ねた。

「バリディを知っているのか？」

「キガリでいっしょに戦った。彼は、優秀な兵士だ」

「もちろんだ。そして、俺の命の恩人なのだ。いつかは借りを返そうと思っていたんだ」

「俺も、バリディを助けたいと思っていた」

「ほう……」

「俺は、バリディの救出作戦に志願する。連れていってくれ」

『シンゲン』はとたんに慎重になった。

「作戦に参加するということは、俺の下に付くということだ。それでもいいのか？」

「構わない」

「連れていって、後ろから撃たれたんじゃたまらんからな……」

「俺たちは強い人間を尊敬する。俺は強い。だから、あんたがどれくらい強いか俺にはわかる。俺はあんたを尊敬する。バリディも尊敬する」

『シンゲン』は、じっとアルベルティンを見据えた。きびしい眼だった。心のなかを見透かそうとしているようだった。

突然、『シンゲン』は例のひとなつこい笑顔を見せた。

「オーケイ、アルベルティン。いっしょにやろう」

12

「奇妙な顔ぶれになったものだな……」

クタワは、正直な感想を述べた。「素人に不良兵士か……」

「あんたと私がいれば、それを補ってあまりあると思う」

『シンゲン』は、にこやかに言った。

クタワは、そんな『シンゲン』を見て言った。

「あんたがそういう状態になるのは、いい兆候じゃない」

「そうか？」

「そう。死ぬ覚悟を決めたとき、あんたはいつでもハイになる」

「死ぬ覚悟？」

思わず、柴田は言った、「冗談じゃない、あなたが死んだら、俺たちは道連れになっちまう」

「そう思っていると本当に死ぬ」

『シンゲン』は、日常のことを話している口調で言った。「誰が死んでも自分だけは生き残るという気持ちでいないと、戦場では生きていけない」

柴田はぞっとした。ようやく、自分が戦場へいくのだという実感が湧いてきた。彼は、たちまち、顔色を失った。

クタワは言った。

「アルベルティンは、信用できない。ジャーナリストのカメラを奪おうとするようなやつだ」

「いや」

『シンゲン』はきっぱりと言った。「私は、信用することにした」

「根拠はあるのか？」

「根拠？　そんなものはない」

「ならば、俺は信用できない」

「チームを組むのにそれでは、いけないな。そうだな……。強いて言えば、彼の誇りを感じたということかな……」

「誇りだと？」

「私と戦ったとき、彼はまったく卑怯《ひきょう》な手を使わなかった」

「その必要がないと誤解をしていたからじゃないのか？」

「一度倒されたあとも、そうだった。彼は、ナイフと拳銃を持っていた。そのどちらも使おうとしなかった。しかも、彼はこの作戦に志願したんだ。私を殺そうとするなら、何も戦場でなくたっていい。そうだろう」

クタワは、『シンゲン』の言ったことを吟味しているようだった。じっと『シンゲン』を見つめ、それから、アルベルティンを見た。

アルベルティンは、昨夜とは別人のようにおとなしかった。

クタワに見つめられ、アルベルティンは、まるで懇願するような表情をした。信じてくれと訴えている表情だった。

やがて、クタワは言った。

「営倉に入るより、戦場に行ったほうがいいと考えたのかもしれん」

「そんなやつはいないよ」

『シンゲン』が言った。「私だって営倉のほうがましだと思う」

「いいだろう」

クタワは言った。「『シンゲン』がそう言うのなら俺も信じることにしよう」

クタワは、地図を広げた。キガリの地図だった。

彼は、てきぱきと説明を始めた。

「首都キガリの主だった建物は、完全に『ルワンダ愛国戦線』の連中に制圧されている。今でも、その奪回をもくろむ政府軍の砲撃が続いている。砲撃のあと、政府軍が突入をも試みているが、いまのところ、一進一退といったところだ。バリディは、この建物にいる」

クタワは、地図の一点を指した。「もと病院だった場所だ。一時、収容所となったが、現在は、ゲリラたちの宿舎になっているはずだ。キガリの向こう、ザイール側には、フランス軍が展開している。彼らは、ザイールとルワンダ国境にあるキブ湖の南岸を安全地帯と設定し、難民などを受け入れる準備をしているということだ」

「敵の兵営に侵入しなければならないということだ。さらに、このあたりは、ビルや家屋がかなり密集している。典型的な市街戦になる」

『シンゲン』が補足説明をした。アルベルティンは、それである程度のことを理解したようだが、柴田には何のことかわからなかった。

「『ルワンダ愛国戦線』の拠点はここと、ここと、ここ。ひとつは市の中心にある教会の所有地。ひとつは大統領府。そしてもうひとつは、国防省だ。そのあたりは、軍の強硬派と『ルワンダ愛国戦線』が制圧しているが、もちろん手薄なルートもある。難民が脱出しているルートがそうだ。われわれはそこから侵入する」

　クタワは、地図の上に別の紙を広げた。

「これは、病院の見取り図だ。キガリから逃げ延びてきた市民の証言などで、バリディが監禁されている部屋の見当がついている。ここだ」

　それは、四階建ての病院の最上階の、北側の部屋だった。非常階段から最も離れた位置にあり、屋内の階段からも遠かった。

『シンゲン』が言った。

「出入口にトラップを仕掛ける。手榴弾を使ったブービー・トラップだ。そうして、一カ所の出入口を破壊して侵入する。あとは、撤退戦だ。敵を建物の奥へ奥へとひっぱって行き、脱出する。アルベルティン、あんたは、キガリに詳しいか?」

「もちろんだ。生まれ育った町だ」

「よし、市街戦では、路地に詳しい者が勝つ。クタワはどうだ?」

「俺は田舎の農村育ちだよ」

「ならば、撤退の道筋は、アルベルティンに決めてもらおう。キガリに入るタイミングだが、政府軍の砲撃に合わせようと思う」

「砲撃のスケジュールは極秘だよ」

　クタワが言った。

「砲撃が始まるまで待つさ」

「よし、決まった」

クタワは言って、地図と見取り図を折り畳んだ。それを透明のポリ袋に入れた。

「待ってくれ……」

柴田は、心細くなって言った。「俺は何をしていいのかさっぱりわからない」

『シンゲン』がにやりと笑った。

「私が走れと言ったら、走れ。撃てと言ったら撃て。大切なのは、言われたときに言われたことができるかどうか、あるいは、言われないのに余計なことをしないかどうかなんだ」

柴田は曖昧にうなずいた。

『シンゲン』はさらに言った。

「作戦中は、私に小判鮫《こばんざめ》のようにぴったりとくっついているんだ。何があっても離れるな」

「わかりました……」

柴田は自信なげに言った。

「よし、これから武器と装備の点検をする。きてくれ」

クタワが言って戸口に向かった。三人は、それに続いた。

弾薬庫で、柴田は、自動小銃を手渡された。ベルギー製のＦＮＣだった。柴田は、弾倉を入れずに、ＦＮＣをコッキングして引き金を落としてみた。銃というのは、ひとつパターンを覚えてしまえば、扱いはだいたいいっしょだ。特に、第二次世界大戦後に開発された銃は、構造が似通っている。

「拳銃は慣れたものがいいだろう」

『シンゲン』は、彼のガバメントを柴田に渡し、彼自身は、クタワから、ブローニング・ハイパワーを受け取った。

自動小銃の弾倉を五本。拳銃の弾倉を三本もらった。

さらに『シンゲン』とクタワは、手榴弾やプラスチック爆弾とそれに付ける電気信管などを物色していた。

弾薬類を選びおえると、『シンゲン』は柴田に言った。

「夜のために少し寝ておくといい」

柴田はうなずいたが、とても眠れる気分ではなかった。彼は、ベッドに戻り、野戦服のポケットにコンパクト・カメラを入れた。

カメラを持つことで、わずかながら落ち着くことができた。

これは、またとない取材だ。彼は『シンゲン』の言葉をもう一度思い出していた。不思議なもので、そうすると気分が楽になった。

彼は、戦場へ行くジャーナリストたちの気持ちをようやく理解しはじめていたのだ。


夕食は喉を通らなかったが、なんとか詰め込んだ。柴田は、『シンゲン』やクタワに心配を掛けたくない一心でなんとか冷静さをたもっていた。

夕食後、『シンゲン』は、無線の設備がある部屋へ行った。どこと連絡をつけようとしているかは、柴田にもクタワにも言わなかった。

アルベルティンが、遠慮がちに柴田に話しかけてきた。

「昨夜はすまなかったな……」

「いいんだ」

「こういう場所では、兵士が一番偉いような気になる。兵士であるというだけで、なんでも許される気になるのだ。酒のせいもあった」

「わかっている」

「緊張しているな。実戦は初めてか?」

「初めてだ。訓練もろくに受けていない。あんたたちにかえって迷惑をかけるのではないかと心配だ」

「それは余計な心配だ。『シンゲン』は、俺たちの命にかかわるような重要な役割をあんたに与えたりはしないだろう。あんたが心配しなければならないのは、自分の命のことだ」

「そうかもしれないな……」

「運がよければ、帰ってこれるさ」

「運……？」

「どんな戦闘でも、生き残って帰ってくるやつはいる。弾に当たるか、当たらないか、爆発に巻き込まれるかそうでないか、死んじまうか、生きて帰ってくるか……。そいつは、運次第なんだ」

「じゃあ、『シンゲン』は運がいい男なのかな？」

「生まれつき、運がいい男は確かにいる。幸運を引き寄せる男もいる。『シンゲン』は、恐らく後者のタイプだ」

「俺は『シンゲン』の運にあやかれるよう祈ることにするよ」

『シンゲン』が、通信室から戻ってきた。クタワが『シンゲン』といっしょだった。

「さあ、ピクニックに出掛けようか」

『シンゲン』は言った。

柴田は、FNC自動小銃のスリングを肩にかけ、『シンゲン』のあとに続いた。


クタワが運転するジープで、キガリの市街地に近づいた。

銃を撃ち合う音が聞こえる。夜間でも戦闘が続いているのだ。

柴田は、紛争地帯と呼ばれる地域で、初めて戦闘らしい戦闘に遭遇することになった。アフガニスタンでは、砲撃のなか、トラックで移動したが、あれも、危険な戦闘とは言いがたかった。

砲撃は、柴田の乗ったトラックを狙っていたわけではない。

クタワは、ジープを止めた。

「ここからは、闇に隠れて徒歩で進む」

『シンゲン』が言った。

『シンゲン』は、肩から自動小銃のスリングを外し、腰溜めで構えた。クタワもアルベルティンも同様だった。

柴田もそれに倣《なら》った。自動小銃はフルオートにセットしてある。

気温はそれほど高くない。このあたりは、高原の気候なのだ。

あまり背の高くない木々が繁っている。その木立を縫うように『シンゲン』は進んだ。その林の向こうにキガリの街並みが見えている。

キガリは、人口十二万人ほどの都市だったというから、日本でいうとちょっとした地方都市の規模だ。ドイツとベルギーに支配されていたときの名残《なごり》で、教会の施設が多いという。

柴田は、言われたとおり、『シンゲン』にぴったりと付いていた。そのあとがアルベルティン。しんがりはクタワだった。

『シンゲン』が、止まり、左手を水平に出した。その手をさっと下に振る。アルベルティンとクタワは、すぐさま姿勢を低くした。柴田もそれを真似た。柴田は、意外にも自分が落ち着いているのに気づいた。

野戦基地にいるときよりもむしろ緊張していなかった。『シンゲン』は、じっと闇のなかを透かし見ている。柴田には、別に変化は感じられなかった。

しばらくすると、話し声が聞こえてきた。ふたりの兵士が、自動小銃を肩に担ぎ、話をしながら歩いてきた。

『ルワンダ愛国戦線』か軍強硬派のパトロールに違いなかった。彼らは、こんなキガリの郊外までもパトロールしているのだ。

『シンゲン』は動かなかった。まるで、木か石になってしまったようだった。

生き物の気配が感じられない。

クタワとアルベルティンもじっとしている。彼ら二人も、物音を立てないという点では、充分だ。だが、『シンゲン』とはどこか違っていた。

『シンゲン』は、完全にそこにいないかのような感じだった。

パトロールが通りすぎた。

それでも『シンゲン』は動こうとしなかった。

どうして動かないのか、と尋ねたかったが、それは、今最もしてはいけないことだということを柴田は、理解していた。

じっとしているのが、これほど辛いとは思わなかった。いつまで同じ状態でいなければならないのかがわからない。

それは、拷問のような気さえした。

やがて、花火を打ち上げるような音が聞こえた。続いて、炸裂音が響く。かすかに地面が揺れたような気がした。

爆発の衝撃が地面を伝わってきたのだ。

政府軍の砲撃が始まった。

砲撃は、にわかに激しくなった。

いままで、石のようにじっと動かなかった『シンゲン』が、さっと動いた。

柴田は、あわててその後を追った。

さきほどのパトロールの兵士が、砲撃が始まった方向を見つめている。

夜の空に、幾つもの光が弧を描いている。その光景は美しかった。兵士たちは、見とれているようでもあった。

もちろん、美しさに見とれているはずはなかった。彼らは、どこが攻撃されているのか知ろうとしているのだった。

そのふたりの兵士の背後に、『シンゲン』が音もなく忍び寄った。

ひとりの首にさっと左腕を回す。そして、背中から、ナイフを突き刺した。まったく躊躇《ちゅうちょ》しなかった。

ナイフを突き刺す瞬間、『シンゲン』は相手の口を押さえていた。

もう一人の兵士が、それに気づき、自動小銃を向けようとした。だが、それよりも早く、クタワが同様に、背後から襲いかかった。

クタワも相手をナイフで倒した。『シンゲン』とクタワは、それぞれのナイフを相手の兵士の服でふき、銃を取り上げた。相手の服を探り、弾倉も取り上げる。

柴田はその光景をみて、体が震えだすのを止められなかった。

目の前で人が殺されるのを見たのは初めてだった。

『シンゲン』の行動はまったくよどみなかった。すぐさま彼は姿勢を低くして、走り始めた。

どこに行けばいいか、彼にはわかっているのだ。

はるか前方に、二台のジープと四人の兵士がいた。兵士のひとりは、煙草を吸っている。

四人とも、やはり、砲撃を眺めている。彼らは、砲撃が始まったとき、目標の施設にいなかった幸運に感謝しているのかもしれない。

だが、その幸運は一瞬で終わった。

『シンゲン』が、その四人に向かって自動小銃をフルオートで掃射した。すぐに、それにクタワとアルベルティンが加わった。

四人の兵士は、反撃する間もなく崩れ落ちた。

『シンゲン』は撃つのをやめ、ジープと倒れている四人の兵士に近づいた。

『シンゲン』は冷静に、四人を調べていく。すでに四人とも息がなかった。柴田は、死体に近づくにつれ、強烈な異臭に気づいた。血の臭《にお》いと排泄物《はいせつぶつ》の臭いだった。死ぬ瞬間に脱糞したのだ。

柴田はさすがに気分が悪くなった。耐えられずに吐いた。

『シンゲン』は、そのことに文句は言わなかった。彼は、言った。

「行くぞ。前進だ。砲撃はそんなに長くは続かない」

市街地に入ると、クタワが先頭に立った。その次にアルベルティンが続き、その後ろが柴田、しんがりが『シンゲン』だった。

若者が戦闘で次々に死んでいくのを見ているしかない自分に耐えられず、自ら兵士となったと『シンゲン』は言った。その『シンゲン』が、何のためらいもなく人を殺した。

『シンゲン』が今殺した兵士たちは、『シンゲン』がまだ武田信明という名の青年だったころに見た、死んでいく若者とどこが違うというのだろう。柴田はそう考えていた。

だが、今はそんなことを考えているときではない。

突然、後方で銃を連射する音が聞こえ、柴田は飛び上がった。

銃を撃っているのは、『シンゲン』だった。すぐに、アルベルティンが加わった。

クタワは、別の方角を監視している。

撃ちながら『シンゲン』が言った。

「柴田！　撃て！　何をしている」

柴田は、頭が痺《しび》れたようになっていた。『シンゲン』が撃っている先には、敵がいた。敵も撃ち返してきた。

柴田のすぐそばの建物の壁に次々と着弾した。柴田は、恐怖にすくみあがった。

「ばかやろう！　撃て！」

『シンゲン』がもう一度言った。

柴田は、自動小銃をコッキングし、言われるままに引き金を引いた。フルオートなので銃口が跳ね上がる。それを押さえるのに必死だった。

13

柴田は、肩を叩かれた。

「もういい」

そう言う『シンゲン』の声が聞こえた。

柴田は、引き金から指を放そうとした。一瞬、指がいうことをきかなかった。

あまりにきつく引き金を絞っていたため、指が動かなかったのだ。

気がつくと、もう柴田の小銃から弾は出ていなかった。弾倉が空になっていたのだ。

「弾倉を替えろ。すぐに移動するぞ」

『シンゲン』が言った。

柴田は、自動小銃についている弾倉を外し、新しい弾倉をたたき込んだ。

『シンゲン』が、さっと左手を前方に振った。クタワがすぐそれに反応し、暗闇の街角を進み始めた。

すでに、砲撃はやんでいた。しかし、街のなかは慌ただしかった。

撃ち合いの音が、聞こえてくる。『シンゲン』たちの撃ち合いも、政府軍と軍強硬派、あるいは『ルワンダ愛国戦線』との撃ち合いの音に紛れていた。

クタワが、あるビルの陰で止まった。彼は、キニャルワンダ語でアルベルティンに何か尋ねた。

病院の位置を確認しているのだろう。

その間を利用して『シンゲン』が柴田に言った。

「私が撃てと言ったときはためらわず撃て。いいな」

「はい……」

柴田は自分の顔色は真《ま》っ蒼《さお》に違いないと思った。

「私が殺すのを見てショックを受けたようだな……?」

「正直言うとそのとおりです」

「誰でも最初はそうだ」

クタワが、『シンゲン』のほうを見て、進む方向を手で示した。

『シンゲン』は、左手を前方に振る。クタワは前進を始めた。建物の陰から陰へ、駆け足で進む。

柴田は、メキシコで走り込んでおいてよかったとつくづく思った。でなければ、とっくに音を上げているはずだった。

『シンゲン』は自分の訓練の成果を信じていたのではないかと柴田はそのとき考えた。だから、付いてくることに同意したのだ。

『シンゲン』は、自分を訓練された戦力と判断した。そう思うとにわかに自信が湧いてきた。

ビルの向こうから、声が聞こえた。何かを詰問するような口調だった。

柴田は、クタワが大きく息を吸い込むのを見た。次の瞬間、ビルの陰から飛び出し、自動小銃をフルオートで撃った。

そして、すぐに陰に隠れた。

敵が猛然と撃ってきた。

ビルの壁や道の石が飛び散る。

『シンゲン』は、左手を頭上でくるくると回し、左側を示した。

クタワとアルベルティンは、すぐさま、左側の路地に駆け込んだ。

「彼らは迂回《うかい》して敵を攻撃する。ここで、敵をひきつけておくんだ」

『シンゲン』が言った。

彼は、柴田の前に出て、ぴったりと壁に身を寄せた。敵の銃撃はやまない。

敵が銃撃をしている間、『シンゲン』は、身動きもしなかった。余計なことは一切しない。ただ、じっと待っている。

やがて、敵の銃撃は途切れた。

そのとたんに『シンゲン』は飛び出し、掃射した。

「今だ。撃て！」

『シンゲン』は日本語で怒鳴った。

柴田は、今度はためらわなかった。

『シンゲン』の脇に立ってフルオートで撃った。ちょうど『シンゲン』の右側に立ったため、『シンゲン』の自動小銃から飛び出す薬莢が次々と当たったが、気にしなかった。

敵は、撃ち返すチャンスを失った。

そのとき、別の方角からフルオートの銃声が聞こえてきた。

敵は、それに対して反撃を試みたようだった。迂回したクタワとアルベルティンが別方向から撃ちはじめたのだ。

敵を挟み撃ちする恰好になった。

やがて、敵は沈黙した。

『シンゲン』は、するどく指笛を吹いた。駆け込んだ路地から、クタワとアルベルテインが現れた。

『シンゲン』は、前進を促す合図をクタワに送った。

市街地に侵入するまえに敵を撃ったときは、敵の生死を確認した。だが、市街地に入ってからは、確認せずにひたすら先を急いだ。柴田は、場面場面で、やるべきことが違うのだということを学んだ。

市街地に入る前は、後方から攻撃されないように敵を完全に葬り去っておく必要があったのだ。そこはまだ最前線ではない。

市街地に入ってからは、とにかく、移動することが第一の目的なのだ。敵は完全に潰《つぶ》す必要はない。蹴散らせばいいのだ。

クタワとアルベルティンは、完全に道を把握していた。

政府軍と反政府勢力の銃撃戦はまだ続いていた。

だが、柴田は、じきに銃撃戦もやむことをすでに学んでいた。銃撃戦が一時間以上も続くことはまずない。

クタワは、また建物の陰で止まり、さっと左手を横に出した。

アルベルティンが姿勢を低くする。柴田はそれを真似た。

目の前の表通りを、兵士が駆けていく。何かに追われているようだった。

ややあって、不気味な地響きが聞こえてきた。

何だろう……。柴田は思わず『シンゲン』の顔を見ていた。『シンゲン』は、じっと表通りを見つめている。

やがて、地響きの正体が明らかになった。戦車だった。

重々しいエンジン音と、軋《きし》むようなキャタピラの音を夜の街に響かせながら、戦車がやってきた。

『ルワンダ愛国戦線』が戦車を持っているとは思えない。戦車は、軍強硬派が持ち出したのだろうと柴田は思った。

戦車は、ゆっくりと柴田たちが潜んでいる路地の前を通りすぎていった。

それは、悪夢のような光景だった。

重厚な装甲と回転し噛み合うキャタピラ。それが、人気《ひとけ》のない街をゆっくりと進んでいく。柴田は、その恐ろしさに圧倒された。

戦車の後には、サブマシンガンや自動小銃をかかえた歩兵が、続いていた。

戦車の圧倒的な火力と突進力で、政府軍を蹴散らしているのだ。

やがて、地響きが遠ざかった。

「あんなものは、相手にしたくないな……」

『シンゲン』が言った。柴田が振り返ってその顔を見たとき、『シンゲン』は、クタワに前進を命じた。

そのとき、凄まじい連射音が聞こえた。自動小銃など問題にならないほど重厚な音だった。まさに咆哮《ほうこう》するような銃声だ。

戦車の機銃だった。

戦車は、逃げまどう政府軍に向かって機銃を掃射している。

クタワは、それをまったく無視して戦車が去ったのと反対方向に進む。柴田は、戦車が方向転換して自分たちを追ってくるところを想像してぞっとした。

後ろに戦車がいるのではないかと思うと、背中がうすら寒くなり、腰が浮くような感じがした。たった一人、夜の学校の廊下を歩いていて、何か得体の知れないものが後から追ってくるのではないかと恐れた記憶がよみがえった。

夜の街で見た戦車はそれくらい超現実的な恐怖を感じさせた。

機銃の音がやんだ。

追われていた政府軍が全滅したのかもしれない。柴田はそう思うと、さらに背筋が寒くなった。

それを察したように『シンゲン』が言った。

「戦場に出る前は、想像力を働かせなければならない。想像力が乏しい人間は、いざというときに対処できない。だが、戦場に出て、想像力過剰になるのはいけない。過剰な想像力は恐怖を生む。恐怖の虜《とりこ》になった兵士は必ず死ぬ」

「はい……」

クタワが前進をやめた。路地のなかをみつめている。

クタワは、その路地に銃を向けた。

叫び声が聞こえた。

アルベルティンがクタワの横に並んだ。同様に銃を向けている。

その先で、何者かがわめいていた。

「何だ?」

『シンゲン』が尋ねた。

「難民のようです」

見ると、五人ばかりの一般市民が、路地の隅でうずくまっていた。

女が一人、男がひとり、そして老人と子供たち。

その前で、ひとりの若い兵士が小銃をかまえていた。わめいているのは、その兵士だった。

クタワが説明している。

「これ以上、ツチ族を殺させない。そう言っている」

アルベルティンが、銃を構え、撃つそぶりを見せた。『シンゲン』はアルベルティンの銃を押さえ、制止した。

兵士は若かった。彼は、恐怖と怒りのために度を失っているようだった。涙を流していた。

「こいつらはひとり残らず片づけなければならない」

アルベルティンは『シンゲン』に言った。アルベルティンも憎悪を剝《む》き出《だ》しにしている。クタワが冷静に説明した。

「教会に避難していたツチ族の住民を、フツ族の武装した市民が虐殺したのです。恐怖に震えているのは、フツ族だけではありません。現在も、首都の周辺では、政府軍によるツチ族難民の虐殺が行われているという噂です」

「それは、報復措置なんだ」

アルベルティンが言った。「もともとツチ族がしかけた戦争だ」

『シンゲン』は、アルベルティンに言った。

「どちらにも言い分はある。それが戦争だ。私は虐殺に手を貸す気はない」

けるか？」
クタワが尋ねる。「俺たちが妙な動きをしているのに気づいたかもしれない。片づ
「どうする？」

彼は、震えている若い兵士を見た。

『シンゲン』も、その兵士を見ていた。

「私たちに銃を向けていることは間違いないな……」

『シンゲン』は言った。

「そうだ。こいつは敵だ」

アルベルティンは、言った。

『シンゲン』は、アルベルティンには構わず、クタワに言った。

「無茶な振る舞いはするな。おまえが死ぬということは、その人々も死ぬということなのだ。そう、彼に伝えてくれ」

クタワがそれを伝えると、若い兵士は、口をあんぐりと開けて『シンゲン』を見た。

彼はゆっくりと銃を降ろしていった。

『シンゲン』は、さらに言った。

「住民を守るために、ただひとりで敵に立ち向かうというのはたいへん勇気がいるこ

とだ。だが、その勇気のために命を落とすような愚かな真似だけはするな。いま、向こうの通りでは、戦車が政府軍を蹴散らした。今なら脱出できる」

クタワがそれを伝えると、兵士は不思議そうに尋ねた。その言葉をクタワが『シンゲン』に伝えた。

「あんたたちは政府軍ではないのか？　そう訊いています」

「少なくとも、今ここでは、敵ではない」

そう言うと、『シンゲン』は、さっと背を向けた。クタワがそれを通訳する。

すると、幼い子供の声が聞こえた。

『シンゲン』は振り向いた。

小さな男の子が不安そうな顔で、何かを差し出していた。

子供の眼は、『シンゲン』を見つめている。『シンゲン』の反応をおびえた表情で探っている。

『シンゲン』は、子供の差し出したものをみた。それは、子供が握りしめていた一かけらのパンだった。

どれくらい握っていたのかわからないが、それは、手のなかで硬くなってしまっていた。難民たちにとっては、何よりも大切な食料なのに違いない。

助けてもらったお礼のつもりなのか、戦う兵士にたいする報酬のつもりなのかはわからない。

だが、その子は、大切な食料を『シンゲン』に差し出そうとしていた。

『シンゲン』は、その子に笑いかけた。

「それは、君のものだ」

『シンゲン』は、言った「それを食べて、元気を出すんだ。歯を食いしばってでも生き延びろ」

再び、『シンゲン』は、背を向けた。

そのとき、『シンゲン』がどういう表情をしていたか、柴田にはわからなかった。

『シンゲン』は背を向けたまま、左手を前方に振った。

クタワは、すみやかに先頭に立った。

アルベルティンは、もう何も言おうとしなかった。


クタワは、これまで、『ルワンダ愛国戦線』の制圧拠点を避けて進んでいた。そのため、敵の姿は少なく、砲撃や大きな銃撃戦に直面することもなかった。

だが、兵営となっている病院に近づくと、さすがに状況が変わってきた。

「ゲリラの心得を知っているか?」

『シンゲン』が柴田に言った。

「いいえ……」

「森のなかでは、リスのように振る舞い、都市のなかでは、鼠《ねずみ》のように振る舞うのだ。決してライオンや虎になろうとしてはいけない。非力であることを自覚し、小心な小動物のように用心深く行動するのだ」

「小動物のように……」

「そう、五感を研《と》ぎ澄まして、敵の動きに反応するんだ」

「やってみます」

「よし、これからが、ゲリラ戦の本番だ」

すでに病院跡の敷地が見えていた。

鉄条網が張りめぐらされている。にわか作りの柵《さく》だが、鉄条網というのは、簡単で有効な防壁だ。

柴田たちは、病院跡と道を隔てた建物の陰に潜んでいた。

病院跡の右手は広場になっていて、草が繁っていた。

ひっきりなしにパトロールが通る。ジープによる巡回もあった。いまだ、病院跡は慌ただしかった。

砲撃や銃撃戦の余韻があった。兵士たちが出入りしている。トラックや救護班の車が怪我人を運び込んでくる。交代で出ていく兵士たちがいる。

「見取り図は頭にたたき込んであるな？」

『シンゲン』はクタワに言った。

クタワはうなずいた。

「では、二手に分かれよう。あんたとアルベルティンは、東側から侵入して適当なところにトラップを仕掛けてくれ。あの空き地の側だ。私たちは、西側から入る」

「了解」

「よし、行け」

クタワは、市街地の外で兵士から奪った自動小銃を肩に掛け、自分の銃を腰に構えた。

パトロールが途切れたのを見計らって、クタワとアルベルティンは、駆けだした。

その姿を見送って『シンゲン』は言った。「彼らのほうが私たちより分があるな……」

「なぜです？」

「敵に発見されても、敵は仲間だと思ってくれる可能性がある。私たちはそうはいかない」

「なるほど……」

ジープが一台やってきて通りすぎた。

『シンゲン』は慎重にあたりを警戒した。二人連れのパトロールが通りすぎる。

『シンゲン』は、無言で左手を前方に振った。それが前進を意味することは、すでに柴田にはわかっていた。

『シンゲン』が姿勢を低くして走りだした。道を渡るだけのわずかな距離だ。柴田は、走りながら、ひどく興奮していた。

何か、ゲームをやっているような気分になった。子供のころの缶《かん》蹴りやかくれんぼ、鬼ごっこといった類の遊びに共通する興奮だった。

もちろん、見つかれば殺されるかもしれない。だが、そうした意識は、薄らいでいた。恐怖はあるが、それほど強くはない。

それが、危険なことかどうか、柴田にはわからなかった。

建物の西側は、隣接するビルとの間の路地となっていた。その路地を鉄条網でふさいであった。

「周囲を警戒しろ」

『シンゲン』は、柴田に言った。そうして、ザックから大型のカッターを取り出して、鉄条網を切りはじめた。

パトロールの兵士がふたり、表通りに姿を現した。

「パトロールです」

柴田が言うと、『シンゲン』は、手を止めて、柴田に伏せるように言った。路地は、光が届かず、暗闇となっている。パトロールは、立ち止まり、あたりをざっと見回すと、来た道を引き返していった。その後ろ姿が遠ざかると、『シンゲン』は作業を再開した。

着実に鉄条網を切って、侵入口を作っていく。出入りできる穴ができるまで、五分ほどを要した。

『シンゲン』は、匍匐《ほふく》前進で、侵入した。

鉄条網の向こうへ行くと、『シンゲン』は、柴田の銃と荷を受け取った。早く来いと手で合図をする。

柴田は、鉄条網の穴をくぐった。もう、決して後戻りはできない所へ来た。

穴をくぐりおえたとき、柴田はそう感じていた。

14

「さて、花火が上がるのを待つとしよう」

『シンゲン』が言った。

打合せでは、まず、入口で爆発が起こる。その騒ぎに乗じて侵入するのだ。

『シンゲン』は建物の陰で、またしても、石のようにじっと待ちはじめた。

柴田は、これが、ゲリラにとってきわめて重要なテクニックであることに気づいた。敵に気配を悟られないゲリラは、思いどおりの働きができる。

忍者と同じだ。忍者というのは、ゲリラ戦のエキスパート集団だったのだ。

柴田もつとめて静かにしていた。

時折、兵士たちが、会話をしながら通りすぎていく。柴田は、そのたびに動揺するのだが、『シンゲン』はまったく動じない。

兵士たちは、気づかずに通過していく。兵営のなかで、警戒している者はあまりいないのだ。

彼らは戦場では、ぴりぴりと神経を尖《とが》らせている。ねぐらに帰ったときは気が緩むのが当然だ。

柴田は、緊張しきっていた。

敵地のなかにいるのだから当然だ。だが、こうして、じっと待機していると、ふと、奇妙な安らぎのようなものを感じるのだった。離人症のような感じだった。

炎天下の運動会などで、ふと、自分だけ別世界に入ってしまい、周囲の歓声がまったく自分と無関係のものに感じられる、あの奇妙な閉塞感《へいそく》のある安らぎだ。

柴田は、自分の心が現実逃避を始めたのではないかと訝《いぶか》った。

そのとき、大きな音がして地面が揺れた。

クタワの仕掛けたプラスチック爆弾が爆発したのだ。

「行くぞ！」

『シンゲン』が飛び出した。

蜂の巣をつついたような騒ぎというが、病院跡は、まったくそんなありさまだった。兵士がわらわらと屋外に飛び出してくる。『シンゲン』は、巧みに物陰を利用して前進した。事態がまったく呑み込めていない兵士たちは、秩序だった行動ができていなかった。

『シンゲン』は、着実に爆発の現場に向かっていった。

しかし、すぐに、戦闘装備を身につけた兵士たちが、駆けつけた。ゲリラではなく、反政府の軍強硬派の部隊だった。

彼らは、度を失っている兵士たちを大声で怒鳴りつけ、あるときは殴りつけた。

戦闘装備の兵士たちは、まだ煙が上がっている建物の出入口付近に集結しはじめた。

当初、砲撃ではないかと、恐れ慌てていた兵士たちも、その姿を見て自分を取り戻したようだった。

爆発の後で、銃撃戦が始まった。

クタワとアルベルティンが撃ち合っているのだ。

「撃ちまくりながらついてこい！」

『シンゲン』はそう言うと、自動小銃を腰溜めで撃ちながら飛び出した。

たちまち、周囲にいた兵士が倒れた。彼らは武装をしていなかった。銃を持っていない兵士たちは、てんでんばらばらの方向に逃げはじめた。

銃撃戦をしていた軍強硬派の兵士の後ろを衝《つ》く恰好になった。

あわてて後方に銃を向けたが、はさまれた敵は、撤退を余儀なくされた。

柴田は、夢中だった。

ひたすら銃を撃ち、突進する。だが、彼は、すでに撃ちっぱなしだとたちまち、弾倉が空になることを学んでいた。

数発ずつのバースト・ショットを繰り返すほうが、銃身も跳ね上がらず、効果的であることを知った。

鉄の扉がひしゃげているのが見えた。煙が上がっている。クタワたちは、急患が出入りするために作られた裏口を爆破したのだった。

そのひしゃげた扉の向こうにクタワとアルベルティンが見えた。

クタワも、『シンゲン』と柴田に気づいた。その瞬間から、クタワは、『シンゲン』と柴田の掩護射撃を始める。

「入口まで走れ！　振り向くな！　全力で走るんだ！」

『シンゲン』が柴田に怒鳴った。そして彼は、後方に向かって自動小銃を掃射しはじめた。

柴田は、クタワのいる入口だけを見て走った。撃たれるということは考えなかった。

『シンゲン』に言われたとおり、ただ、全力で駆け抜けた。

入口に飛び込むと、クタワが、柴田を引き入れた。

肩で息をしている柴田に、クタワが言った。

「掩護しろ！　『シンゲン』を掩護するんだ」

柴田は、即座に銃を構えた。撃ちはじめる。

『シンゲン』は、撃ちながら入口のほうに進んできた。

敵の銃弾が猛然と襲いかかっている。あたりには、硝煙が立ち込めている。銃から出る煙がこれほどのものとは思わなかった。

『シンゲン』が飛び込んでくる。

彼は、即座に命じた。

「撤退戦のパターンだ。敵を奥へ奥へと誘い込むぞ」

『シンゲン』が、先頭に立って廊下を移動しはじめた。

そのとき、新たに爆発が起こった。

「ビンゴ！」

クタワがつぶやいた。

彼が仕掛けたブービー・トラップに敵が引っ掛かったのだ。ブービー・トラップというのは、爆薬や手榴弾、竹槍などを使った簡単な仕掛けの罠《わな》だ。

ワイヤーを張り、その一端を手榴弾のピンに縛っておく。敵が足を取られたら、その勢いでピンが外れ、手榴弾が爆発する。

ブービー・トラップは、状況や場所によってほぼ無限のバリエーションが考えられる。

一時的に敵を混乱におとしいれることができるし、敵の勢力を減らすことができる。ゲリラ戦の有効な戦術だ。

『シンゲン』は、慌てずに進んだ。クタワがしんがりだ。

廊下のような場所に逃げ込んでは不利ではないかと、一瞬訝った柴田だったが、じきにそうではないことがわかった。

追ってくるほうが不利なのだ。特に、数に差がある場合は、『シンゲン』の戦術は有効だった。狭い場所におびき寄せることによって、確実に敵の火力を分散させることができる。

なおかつ、こちらからは、狙いやすいのだ。

『シンゲン』は待ち伏せに備えて、廊下の角を曲がるときや、ドアの前を通過するときは、ことさらに慎重に進んだ。

追っ手が近づいてきたが、クタワとアルベルティンが、確実な射撃をするため、角のところから進んでこれなくなっていた。

『シンゲン』が階段を見つけ、上って行った。

突然、上方から撃ってきた。

『シンゲン』は、冷静に撃ち返す。やがて、上方の敵は沈黙した。

一行は、四階まで一気に駆け上った。

階段から廊下に出るところが問題だった。待ち伏せされるならその場所だ。

『シンゲン』は、壁にぴったりと体を寄せ、そっと向こう側をのぞいた。

そのとたんに激しい銃撃が始まった。

「対応が早いな。案の定待ち伏せていた」

『シンゲン』は落ち着いた口調でクタワに言った。

「ああ。よく訓練されている……」

『シンゲン』は、ザックから手榴弾を取り出した。破壊力のあるエッグ・タイプの手榴弾だった。

ピンを抜く。レバーが弾けて、信管がシューッという音を立てた。

「ワン・サウザンド、トゥ・サウザンズ、スリー・サウザンズ……」と、彼は秒数を数えた。

そして、その手榴弾をそっと壁の向こうに転がした。激しい銃声で、手榴弾が転がる音は聞こえない。

突然、廊下のほうで悲鳴が聞こえた。次の瞬間、手榴弾が爆発した。

手榴弾の破片が、物凄い勢いで飛んできた。猛然と煙が膨れ上がる。

『シンゲン』は、爆発の直後、ためらわずに廊下に飛び出して、自動小銃を撃った。

すぐに、クタワとアルベルティンもそれに加わった。

『シンゲン』が撃つのをやめ、クタワとアルベルティンもトリガーから指を放した。

煙で柴田には何も見えない。

だが、『シンゲン』とクタワには、状況が把握できているようだ。彼らは、廊下を前進しはじめた。腰に銃を構えている。いつでも撃てる体勢だ。

煙の向こうの様子が柴田にもわかり始めた。敵の兵士が倒れている。

『シンゲン』とクタワは、素早く敵の様子をチェックした。まだ息がある兵士がいたが、戦意はまったくない。

『シンゲン』が先に進んだ。

クタワが『シンゲン』の肩を叩く。

「ここだ」

『シンゲン』は、ドアの前で立ち止まった。鍵が掛かっている。

『シンゲン』は怒鳴った。

「バリディ。聞こえるか？　怪我をしたくなかったら、ドアから離れろ！」

そして、『シンゲン』は、柴田に言った。「鍵をぶち抜く。金属部分に弾が当たったら、とんでもない方向に跳弾が飛ぶ。壁に身を寄せていろ」

『シンゲン』は、腕を目一杯伸ばし、なるべく体をドアから放すようにして、斜めから自動小銃を撃った。

テレビ・ドラマなどでは、真正面から拳銃で鍵を壊したりするが、それは、危険であることを、柴田は初めて知った。

ドアは木でできており、錠前の金属部分の周囲がたちまちささくれだった。

『シンゲン』は、ドアを力一杯蹴り込んだ。ドアが内側に弾ける。

その間、クタワとアルベルティンは、周囲を警戒していた。

部屋に煙が流れ込み、なかにいる男は、目を細めた。

彼は、『シンゲン』をしげしげと見ると、冷やかなくらいかすかな笑みを浮かべて言った。

「おい、地獄からの迎えはまだ早いぞ」

『シンゲン』は、こたえて言った。

「おまえに借りを作ったまま生きていくのに耐えられなくなってな。借りを返しにきた」

そのとき、また、どこかで爆発が起こった。

バリディが言った。

「さっきから、何が爆発してるんだ？」

「兵隊たちが、退屈しのぎに花火でもやってるんだろう。体調はどうだ？」

「さあな……」

バリディが衰弱しているのは、柴田の眼にも明らかだった。顔色が悪く、生気がない。おそらく、栄養状態がひどく悪いのだ。

『シンゲン』は、ザックから、透明プラスチックの小さな容器に入った琥珀《こはく》色の液体と、白い錠剤を取り出してバリディに渡した。

「蜂蜜と塩の錠剤だ。これでしばらくは持つだろう」

バリディは、蜂蜜を口のなかに流し込み、塩の錠剤を嚙み砕いた。『シンゲン』は、水筒を渡す。バリディは、喉を鳴らして水を飲んだ。

水筒を『シンゲン』に返すと、バリディは、言った。

「なんとか、動けそうな気がしてきた」

「とどめの気付け薬だ」

『シンゲン』は、アルミ製のフラスクを出して渡した。

　バリディは、その中身の匂いを嗅いで、眼を輝かせた。

「ブッシュミルズだ。そうだろう」

「ブラック・ラベルだ」

「俺たちは、この酒があれば、百遍だって生き返る」

　バリディは、ぐいと一口飲んだ。

『シンゲン』は、言った。

「おまえは素性を秘密にしているが、そのひとことでアイルランド生まれだとわかってしまうんだ。下から、じきに敵がやってくる。屋上まで撤退する。こいつを使え」

『シンゲン』は、敵から奪った自動小銃と予備弾倉をバリディに渡した。

　バリディは、念のためコッキングして、初弾を弾き出した。

『シンゲン』が廊下に出て、バリディがそれに続いた。バリディはそのとき、クタワに気づいた。

「クタワか……。そうか、おまえが『シンゲン』を呼んだのだな……」

　クタワが笑顔でこたえた。

「こんな命知らずの作戦を実行してくれるのは、『シンゲン』しかいないからな」

「おまえにも感謝しなければな……」

「あんたは、俺たちのために戦ってくれた」

そのとき、アルベルティンが叫んだ。

「来るぞ！」

大勢の足音が聞こえてきた。

「こっちだ」

『シンゲン』は、廊下を先に進んだ。先に曲がり角があった。

『シンゲン』は、全員が角を曲がると、また手榴弾を取り出し、さきほどのようにピンを抜いて三秒待ってから転がした。

手榴弾が転がる音と、敵の足音が聞こえる。

手榴弾が爆発した。

金属の破片が銃弾のように飛んでくる。曲がり角に避難していなければ大怪我をしているところだ。

さらに、まっすぐな廊下で手榴弾を爆発させると、廊下をすさまじい爆発エネルギーが走り抜ける。

廊下が、銃身の内部のような状態になるのだ。廊下に身をさらしていたら、その爆風で吹き飛ばされてしまう。

曲がり角にいても、かなりの爆風だった。柴田たちは、伏せていたのでその爆風をなんとかやり過ごすことができた。

『シンゲン』は、すでに、自動小銃に新しい弾倉をたたき込んでいた。廊下に飛び出して撃ちはじめる。

バリディもフルオートで撃ちはじめた。

クタワとアルベルティンも射撃に参加する。柴田も負けずに射撃に加わった。

だが、射撃は、すぐに終わった。敵は撃ち返してこなかった。すでに敵の多くは倒れており、その他は避難したようだった。

「階段まで戻るぞ」

『シンゲン』は言った。「屋上へ出るんだ」

柴田は不思議だった。なぜ、屋上へ行くのだろう？

確かに地上には、敵の兵士が待ち受けている。だから、といって屋上に出て逃げられるはずはないように思えた。

階段にたどりつくと、新たな敵の一団が下から上ってきつつあるのがわかった。

『シンゲン』は、まったく迷わずためらいもせず、屋上へ向かった。

『シンゲン』は、屋上にある給水塔のコンクリート製の土台の陰に陣取った。

「ここからなら、射撃練習のようなものだな……」

バリディが言った。

彼の言うとおりだと柴田は思った。敵は、屋上へ出る出口からひとりないしふたりしか出てこれない。

彼らは、『シンゲン』たちの射撃の的になるのだ。

実際、そのとおりになった。敵は出入口に釘付けになり、そこから、撃ってくるしかなかった。『シンゲン』たちは、コンクリートの土台をトーチカ代わりにしていた。

だが、柴田は、すぐに弾薬が問題であることに気づいた。『シンゲン』たちの弾薬はすぐに底をつく。

弾薬や兵員に関しては、敵のほうが比べ物にならないくらい有利だ。つまり、時間の問題なのだ。

クタワはすでに、自分の自動小銃の弾薬を使い果たし、敵から奪った銃を撃っていた。

次に、アルベルティンが自動小銃の弾倉をすべて空にした。彼は、サイド・アームの拳銃を撃ちはじめている。

『シンゲン』とバリディは、効果的に銃弾を使おうとしていたが、やがて、彼らの弾薬も尽きた。柴田は、とっくに撃ち尽くしていた。

「短い時間だったが、楽しませてもらった」

バリディが『シンゲン』に言った。

『シンゲン』は、拳銃を出して撃っていた。彼はまったく慌てた様子がない。それが、柴田には不思議だった。

「バリディ、あんたはきわめて優秀だが、あきらめるのが早すぎる」

『シンゲン』は、言った。「それが、あんたの欠点だ」

ついに、クタワは、拳銃の弾薬も使い果たした。アルベルティンの銃も沈黙した。

その様子を察知して、敵が、前進する気配を見せはじめた。

勇敢にも、出入口から飛び込んでこようとする敵の兵士を、『シンゲン』が拳銃で撃った。

だが、敵はじわじわと押しはじめている。彼らはじきに突入してくるはずだった。

「これまでだな、『シンゲン』。おまえの救出作戦は、失敗だった」

バリディは言った。

「すべてがうまくいくわけではない」

『シンゲン』は言った。「だが、まだ、作戦は終了していない」

柴田は、『シンゲン』が負け惜しみを言っているのだと思った。彼は、強く死を意識した。不思議と、恐怖はあまり感じなかった。死というものが身近にあるせいかもしれなかった。

かすかに、爆音が聞こえてくるような気がした。空気を叩くような独特の音がエンジン音とともに聞こえる。

爆音は確かに聞こえた。

それは、急速に近づいてきていた。

ヘリコプターの爆音だった。

『シンゲン』は、花火のようなものを取り出し、着火装置を擦って火を付けた。筒の先から眩《まばゆ》い炎が噴き出した。『シンゲン』は、それを空中で振った。

バリディも柴田もその様子を呆然と眺めていた。アルベルティンも、同様だった。

アエロスパシアル・ピューマが、屋上の上空に姿を現した。そのとたん、屋上は嵐に見舞われたように風が吹き荒れた。直径十五・八メーターのメイン・ローターが巻き起こす風だった。

キャビンのスライド・ドアが開いて、機関砲が猛然と乱射された。それを撃っているのは、クリュネー大佐だった。

機関砲は、敵を蹴散らすに充分の威力があった。

「さ、迎えのタクシーが来たぞ」

『シンゲン』は、言った。

15

ローターが巻き起こすすさまじい風。常に上下に揺れる機体。その状態でキャビンから降ろされた縄梯子を上るのは、かなり熟練がいる。

柴田は、うまく上ることができず、縄梯子ごと引き上げられる恰好になった。残りの皆は、さすがによく訓練されており、問題なく、キャビンに上った。

敵が、対空砲などを持ち出すまえに、エアロスパシアル・ピューマは、病院跡の上空から遠ざかった。

「遅かったな……」

『シンゲン』が、大声でクリュネー大佐に言った。エンジンの轟音《ごうおん》のために、その声はかき消されそうになる。「見捨てられたかと思ったぞ」

同じように、クリュネー大佐が大声でこたえた。

「政府軍の砲撃がやんで、二十分後……。時間どおりだよ。あんたたちが、時間を読み間違えたんだ」

さすがに、バリディは、ぐったりとしていた。体力が底をついたのだ。

ピューマのキャビンは広かった。このヘリコプターは、兵員を二十名も運ぶことができる。

「このまま、俺たちの駐屯地に向かう」

クリュネー大佐は言った。

『シンゲン』はうなずいた。

「そこで、解散し、皆それぞれの場所に向かう。それでいい」

クタワとアルベルティンは、一種の躁《そう》状態だった。ふたりで、何か言っては、大声で笑いあっている。

柴田は、今になって、恐怖を感じていた。ヘリコプターが来るのが、もう少し遅かったら死んでいたかもしれない。そう思うと、震えが止まらなくなった。

『シンゲン』は、そんな柴田の肩を強く叩いた。彼は、振り向いた柴田に、例の屈託のない笑顔を向けた。

ヘリコプターは、ザイールのフランス軍駐屯地に着陸した。

バリディは、そこにとどまって治療を受けることになった。

「ここで、お別れだ」

『シンゲン』は、柴田に言った。

「お別れ……？」

「クリュネー大佐が、軍用機であんたをメキシコに送り返す。あんたはメキシコで出国のスタンプをもらって日本に帰る。それで問題ない。あんたがここにいたことは誰も知らない」

「あなたは……？」

「さあな……。明らかなのは、メキシコよりも、ここにいたほうが私のやることはたくさんあるということだ」

クタワとアルベルティンが、柴田のところにやってきて握手を求めた。ふたりは、野戦基地に戻るのだという。

いっしょに戦った彼らを見て、柴田は急に別れがたい気分になった。

クタワが柴田に言った。

「基地にあるあんたの荷物は、なんとかして送ってやろう」

柴田は、首を横に振った。

「わざわざ送ってもらうほどの物は残っていない。適当に処分してくれ」

「わかった」

柴田は、アルベルティンを見た。アルベルティンは、笑顔を見せてうなずいた。それを、柴田は、衝動に駆られ、ポケットからコンパクト・カメラを取り出した。それを、アルベルティンに差し出した。

アルベルティンは怪訝な表情を見せた。

「誤解しないでくれ」

柴田は、言った。「いっしょに戦った記念にプレゼントしたいんだ」

アルベルティンは、笑顔に戻ってカメラを受け取った。

「あのときは、こいつを金に換えるつもりだったが……」

彼は言った。「大切にするよ」

柴田とアルベルティンはもう一度、握手を交わした。

クタワとアルベルティンが去ると、『シンゲン』は、柴田に言った。

「どうだ？　いい取材になったろう？」

「ええ、またとない経験をさせてもらいましたよ」

「何か理解することはできたかね？」

「何も理解することはできないということを理解しました」

『シンゲン』は笑った。

「そうだろうな」

『シンゲン』との別れは実にあっさりしたものだった。柴田が輸送機に乗り込むとき、『シンゲン』は、こう言っただけだった。

「生きていたら、また会おう」

輸送機は、飛び立ち、メキシコのコスメルまで、まっすぐに飛んだ。

柴田は、機内でクリュネー大佐に尋ねた。

「『シンゲン』は、これからどうするのでしょうね」

「戦う」

クリュネー大佐は、あっさりと言った。

「何のために……?」

「さあな……。だが、これだけは確かだ。彼は生きるために戦うのだ。人間は、誰でもいつかは死ぬ。たいていの人間はそのことを忘れている。だから、たいていの人間は、生きていることを忘れている。『シンゲン』は、一日でも長く生き延びるために戦い続ける」

柴田は、その言葉を理解しようとして、途中であきらめた。彼は、何も理解できないことが正しいのだと気づいたばかりだったのだ。

柴田は、航空機を乗り継いで、再び、サン・クリストバル・デ・ラス・カサスまでやってきた。

そのたたずまいをなつかしいと彼は感じていた。この街をあとにしたのは、ほんの数日前のことだ。だが、もう、何年も前だったような気がしている。

彼はホセ・サンティスの家へ近づいていった。林の向こうにホセの家が見えた。家の前の広場にいたオフェリアが振り向いた。躍動的で輝くような美しさは、初めて見たときとまったく変わっていなかった。

オフェリアは、ぱっと顔を輝かせた。

彼女は、たった数日のうちに、すっかりたくましくなった柴田の姿を見たはずだった。柴田は、自信に満ちた態度で、両手を広げた。オフェリアと柴田は、親しく話をしたこともない。だが、そのとき、柴田はそうすべきだと思ったのだ。

その堂々とした態度が、オフェリアの心を動かしたのかもしれない。柴田の両手のあいだに吸い込まれるように、オフェリアが駆け寄り、抱きついた。

16

メキシコの内戦は、すっかり落ち着いていた。柴田は、ホセやその家族の歓迎を受けて二日後に、日本へ向かった。

スペイン語にはお手上げだったが、なんとか、日本に帰ってもオフェリアと連絡を取り合うことを約束することができた。

日本に帰ると、柴田は、猛烈な勢いで仕事を始めた。

『シンゲン』に関する記事だけではなく、実際に戦闘に参加した経験を生かして、ありとあらゆる仕事をこなした。

雑誌に掲載された『シンゲン』に関する記事はたいへん好評だった。富坂は、今後も継続的に雑誌の仕事をくれると約束した。

もちろん、『シンゲン』の本名や、生い立ちは秘密にした。『シンゲン』という呼び名も伏せて、仮称を用いた。それでも、記事の現実味は、少しも損なわれなかった。

柴田は、忙しい日々を過ごし、経済状態も上向いてきた。少なくとも、部屋代に困ることはなくなり、預金も増えつづけていた。

ある日、富坂が柴田に言った。

「ようやく、ジャーナリストの何たるかがわかってきたようだな」

「俺は、ちっとも変わっちゃいませんよ」

「いや、あんたはもう一人前だよ」

「世の中、わからないことだらけです」

「だからこそジャーナリストという商売があるんだ。わかりきったことを報道するのはジャーナリストの仕事じゃない。わからないことをその眼で見て書くのが仕事だ。そうじゃないか?」

「そうかもしれません」

「新しい企画をどんどん持ち込んでくれ。できるかぎり、うちの雑誌がバックアップする」

長いフリーライターの人生で、こんなことを言われたのは初めてだった。

「その一言は、祝杯にあたいしますよ」

「祝杯に付き合おうじゃないか」

富坂は、六本木に出て飲もうと言った。だが、柴田は、派手な飲み屋で飲む気がしなかった。

できれば、昔、よく飲んだ安い居酒屋で心ゆくまで飲みたかった。人は、古巣に戻りたいときがあるものだ。

柴田は、富坂を高円寺の居酒屋に連れていくことにした。学生が集まる安い飲み屋だった。

二軒梯子した。

最後に寄ったのは、柴田の自宅そばにあるカウンター・バーだった。金のない時代に、よくつけで飲ませてもらったバーだ。

ドアを開けて、カウンターのなかにいるマスターに声をかけた柴田は、その場に立ち尽くした。

カウンターにいた客の一人に眼が釘付けになった。

「『シンゲン』！」

柴田は、その客の名を大声で呼んでいた。『シンゲン』は、例の笑顔を見せた。

「よう。しばらくだな……」

柴田は、立ち尽くしたまま言った。

「どうしてここに……」

「ここに来ればあんたに会えると思った」

「『シンゲン』だって……？」

富坂が柴田の後ろで言った。

「そう。彼が『シンゲン』」

柴田は言った。「日本に戻っていたのですか？」

「まあ、座ったらどうだ。再会を祝して乾杯でもしようじゃないか」

柴田は、『シンゲン』の隣りのスツールに腰を降ろした。富坂は、その柴田の隣りに座った。

ビールで乾杯すると、『シンゲン』は説明した。

「日本に帰ってきて、あんたの記事を読んだ。その雑誌の編集部に電話をしてあんたの住所を聞いた。このあたりに何度か足を運んで、聞き回ったら、この店にあんたがよく来ることがわかった」

「いつ戻ったのです？」

「一週間ほど前だ」

「ルワンダはどうなりました」

『シンゲン』の表情が曇った。

「ひどいものだった……」

「ひどい……？」

「あれから私は、クリュネー大佐とともに働いた。戦闘ではなかった。ザイールとの国境に集まっているフツ族の難民の援助作業だった。絶望的だったよ」

柴田はうなずいた。

「日本でも報道されています。難民は百万人にも膨れ上がり、食料や医療品がひどく不足しているそうですね……」

「難民たちは、慢性的な飢餓に見舞われている。人々は泥水をすくって飲んでいる。その難民キャンプでコレラが発生した。毎日、おびただしい数の人々がコレラで死んでいく。まともな医療活動は、まったく行われていない。難民たちは、死体を一カ所に集めて放置するだけだ。それ以上のことはできないのだ。人々が暮らしているすぐそばで、折り重なった屍《しかばね》が耐えがたい悪臭を放っている……」

「言葉もないな……」

「フツ族の難民たちは、ルワンダに帰ることを望んでいる。どうせ死ぬなら故郷で死にたいと彼らはいうのだ。彼らは、『ルワンダ愛国戦線』を恐れていた。だが、難民キャンプの惨状が、その恐怖を上回ったのだ」

「国連の難民高等弁務官事務所は、事実上、ルワンダ難民の救済をあきらめたということですね……」

「八月にジュネーブで緊急援助会議を開くということだ。だが、それまでに、また多くの人が死ぬ。覚えているか？　バリディを救出しに行ったとき、私に握りしめていた最後のパンを差し出した子供を……。あんな子供たちが毎日死んでいく。親もどうすることもできない。私たちにも、なす術《すべ》はない……」

「アメリカが、緊急物資を空中から投下したということですが……」

「まだまだ、物資は足りない」

「戦争は難民を生む……」

「そうだ。戦争というのは、兵士たちだけの戦いではない。土地の者は、生きるための戦いを強いられる」

「それがわかっていても、戦争はなくならないのですね」

「なくならない。人類の歴史上、戦争が地上からなくなったことはない。日本は、もう、五十年も戦争をしていない。これは、世界史の上では、稀《まれ》な例と言わなければならない。この平和が当たり前のものと思ってはいけないのだ」

「だけど、今の若者は生まれたときから平和の中で暮らしているのです。学生運動すら経験したことのない若者が、すでに社会の中枢を担おうとしている。そうした若者に、平和の重要性をいくら説明しても理解してもらえない……」

「それは、幸運なことだ」

『シンゲン』は言った。

それを彼が本気で言ったのか、皮肉だったのか、柴田にはわからなかった。

「とにかく、私には、今の東京は、ひどく居心地が悪い。東京に住む若者を責める気はない。だが、私は、彼らといっしょに住む気にはどうしてもなれない」

柴田は、メキシコの『サパティスタ民族解放軍』の連中や、ルワンダのクタワ、アルベルティンを思い出した。

そのとき、柴田は、『シンゲン』の気持ちがわかるような気がした。

街を行く着飾った若者たち。

彼らの関心は、いかに異性の気を引くかということだけに見える。遊ぶことに奔走し、遊びそのものに溺《おぼ》れてしまっているかに見える人々。

若者だけを批判することはできない。権力闘争だけに血道を上げる政治家。経済原理だけが優先する日本の社会。その社会のなかで、夢もなく、目先の利益と悦楽のみに夢中になっている大人たち。

そうした批判の言葉すら、今では陳腐なものになってしまった。

『シンゲン』が生きるべき社会ではないのかもしれないと柴田は思った。

「俺も、今の日本の社会がまともだとは思いません。でも、俺には、あなたのような生き方はとてもできそうにない……」

「私の生き方を真似る必要などない」

『シンゲン』は笑った。「私は私の生きたいように生き、そして死ぬ。あんたは、あんたの人生を生きればいい。さ、もういい。今度はいつ会えるかわからないんだ。もう会えないかもしれない。今夜は楽しくやろう」

『シンゲン』は、その夜、本当に楽しそうに飲んだ。

柴田と富坂が『シンゲン』と別れたのは明け方だった。


それからしばらくして、『シンゲン』から航空便の絵はがきが届いた。

どこにいるかは書いてなかった。スタンプはかすれて読めなかった。

「私は、たぶん日本には帰らない。日本が嫌いだからではない。今の日本は居心地が悪いからだ。ここは、若いが活き活きとした国だ」

それだけの文面だった。

柴田は、その絵はがきを壁に貼った。

『シンゲン』は、どこにいるかわからない。だが、会おうと思えばいつでも会えるような気がしていた。

どこかの紛争地帯に行って、『シンゲン』を知らないかと尋ねればいいのだ。兵士たちは、きっと『シンゲン』のことを知っているだろう。

柴田は、近々、それを実行してやろうと考えていた。

初刊本あとがき

小説とジャーナリズムは違うものだというあたりまえのことを、今、あらためて考えている。

この『シンゲン』（注・初刊本刊行時タイトル）という作品を書くに当たって、紛争地帯についてさまざまなものを調べた。新聞記事が主だった。

もし、ジャーナリズムにこだわるのなら、私は、全ての現地に足を運んで、この眼で見たものだけを書かなければならなかったはずだ。

だが、私はノンフィクションを書こうとしたわけではない。あくまで、小説を書こうとしたのだ。

小説の役割は、いってみれば、うまく嘘をつくことだと思う。

嘘といって悪ければ、作者が信じている世界を作り上げることだ。あるいは、作者の心のなかにある風景を再現することなのではないだろうか。

実際の地名や、実在する人名などが出てくると、フィクションとノンフィクションの垣根が曖昧になってくる。だが、実在する、あるいは、実在した人物であっても、フィクションの作品に登場する限り、役割を与えられた役者のようなものなのだ。

小説家が責任を持つべきは、その作品世界がどれだけ魅力的であるかであり、登場人物がどれだけ読者の印象に残るかなのだ。

作品が、現実の政治や国際状況を予言したとしても、それは、小説の真の役割ではない。

そうした作品を書きたい人は、小説ではなく、ノンフィクションを書くべきなのだ。私は、この『シンゲン』という作品で、紛争地帯の実情を知らせようとしたわけではない。この作品に書かれている紛争地帯の現状など、新聞と週刊誌を読んでいればわかる程度のものでしかない。

事実とは多少異なる点もある。それは、承知の上で書いた。そのほうが、小説としておもしろいからだ。

作品の真実というのは、読者の意識のなかにある。この作品を読まれた方が、何を感じたか——それだけが、小説の真実だ。特に、エンターテインメントの小説は、書かれたこと自体には意味はない。読まれることに意味があるのだ。

さて、『シンゲン』は、あなたにどういう印象を与えたのだろうか。

それにしても、国際紛争や内乱は、いつになってもなくなることはない。ソ連の崩壊によって、アメリカとソ連という両大国を中心とした東西体制はなくなった。それによって、戦争がなくなったかといえば、そんなことはなく、かえって、民族闘争が激化した感がある。

人間は、いつになっても戦争をやめようとはしない。戦争はいけないことだ、戦争は悲惨なものだ——日常では誰もがそう考えている。だが、人間の歴史が始まって以来、地球から戦争がなくなった時代というのは皆無なのだ。

ただ、間違っていると言うだけでなく、それは、なぜなのかを考えなければならない。民族と宗教。これが、今日の紛争のテーマだ。人々は、民族のために血を流し、宗教のために殺し合いをする。

一般の日本人には、理解しがたいかもしれない。現在の日本人には、民族闘争の必要も宗教紛争の必要もなかった。だが、日本人は、海外の紛争をすべて対岸の火事として眺めていていいのだろうか。

こうした問い掛けをされると、いや、いけないと言いたくなるが、私は眺めていていいのだ、とこたえることも必要だと思う。

「ＰＫＯだ、ＰＫＦだというが、戦いに手を貸せと言われても、おれら一切タッチしないもんね。国際社会の常識？　知らんよ。戦争するのが世界の常識だというのなら、その常識はまちがってる。おれら日本だけが正しくて、おまえらみんな間違ってるんだ。おれら、絶対に戦争やんないからね。たとえ、侵略されようが、水爆落とされようが、絶対二度と戦争、やらんもんね」

私は、こうした意見も、胸を張って言うべきだと思うのだが……。

一九九四年八月十九日

本書は2010年7月に刊行された徳間文庫の新装版です。
なお本作品はフィクションであり実在の個人・団体などとは一切関係がありません。

徳間文庫

迎《げい》撃《げき》

〈新装版〉

2023年10月15日 初刷

著者 今《こん》野《の》敏《びん》

発行者 小宮英行

発行所 株式会社徳間書店

東京都品川区上大崎三−一−一 〒141−8202
目黒セントラルスクエア

電話 編集〇三(五四〇三)四三四九
販売〇四九(二九三)五五二一

振替 〇〇一四〇−〇−四四三九二

印刷 大日本印刷株式会社
製本

ISBN978-4-19-894898-6 (乱丁、落丁本はお取りかえいたします)

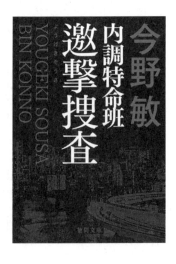

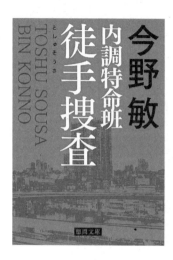

徳間文庫の好評既刊

最後の戦慄

今野 敏

　レッド・アメリカと呼ばれるキューバ、ニカラグア地帯で起きたテロリストたちによる殺戮《さつりく》事件は、敵味方の区別なく死体の山が築かれた。その頃〈ミュウ・ハンター〉としての戦いを終えたシド・アキヤマはイラン・テヘランにいた。そこに内閣官房情報室の黒崎《くろさき》と名乗る男が現れ、〈サイバー・アーミー〉と呼ばれる四人組の殺害を依頼される。アキヤマの戦いが再び始まろうとしていた。